Tucholsky Wagner Zola Scott Sydow Freud Schlegel
Turgenev Wallace Fonatne
Twain Walther von der Vogelweide Fouqué Friedrich II. von Preußen
Weber Freiligrath Frey
Fechner Fichte Weiße Rose von Fallersleben Kant Ernst Frommel
Richthofen
Hölderlin
Engels Fielding Eichendorff Tacitus Dumas
Fehrs Faber Flaubert
Eliasberg Ebner Eschenbach
Feuerbach Maximilian I. von Habsburg Fock Eliot Zweig
Ewald Vergil
Goethe London
Mendelssohn Balzac Shakespeare Elisabeth von Österreich
Dostojewski Ganghofer
Trackl Lichtenberg Rathenau Doyle Gjellerup
Mommsen Stevenson Tolstoi Hambruch
Thoma Lenz Hanrieder Droste-Hülshoff
Dach von Arnim Hägele Hauff Humboldt
Verne Reuter Rousseau Hagen Hauptmann Gautier
Karrillon Garschin
Damaschke Defoe Hebbel Baudelaire
Descartes
Hegel Kussmaul Herder
Wolfram von Eschenbach Dickens Schopenhauer Rilke George
Darwin Grimm Jerome
Bronner Melville Bebel Proust
Campe Horváth Aristoteles
Bismarck Vigny Barlach Voltaire Federer Herodot
Gengenbach Heine
Storm Casanova Tersteegen Grillparzer Georgy
Chamberlain Lessing Langbein Gilm
Brentano Gryphius
Strachwitz Claudius Schiller Lafontaine
Bellamy Kralik Iffland Sokrates
Katharina II. von Rußland Schilling
Gerstäcker Raabe Gibbon Tschechow
Löns Hesse Hoffmann Gogol Wilde Vulpius
Luther Heym Hofmannsthal Klee Hölty Morgenstern Gleim
Roth Heyse Klopstock Goedicke
Luxemburg Puschkin Homer Kleist
La Roche Horaz Mörike Musil
Machiavelli Kierkegaard Kraft Kraus
Navarra Aurel Musset
Nestroy Marie de France Lamprecht Kind Kirchhoff Hugo Moltke
Laotse Ipsen Liebknecht
Nietzsche Nansen
Marx Lassalle Gorki Klett Ringelnatz
von Ossietzky May Leibniz
vom Stein Lawrence Irving
Petalozzi Platon Knigge
Sachs Pückler Michelangelo Kafka
Poe Liebermann Kock Korolenko
de Sade Praetorius Mistral Zetkin

Der Verlag tradition aus Hamburg veröffentlicht in der Reihe **TREDITION CLASSICS** Werke aus mehr als zwei Jahrtausenden. Diese waren zu einem Großteil vergriffen oder nur noch antiquarisch erhältlich.

Symbolfigur für **TREDITION CLASSICS** ist Johannes Gutenberg (1400 — 1468), der Erfinder des Buchdrucks mit Metalllettern und der Druckerpresse.

Mit der Buchreihe **TREDITION CLASSICS** verfolgt tradition das Ziel, tausende Klassiker der Weltliteratur verschiedener Sprachen wieder als gedruckte Bücher aufzulegen – und das weltweit!

Die Buchreihe dient zur Bewahrung der Literatur und Förderung der Kultur. Sie trägt so dazu bei, dass viele tausend Werke nicht in Vergessenheit geraten.

Henrich Stillings Jünglings-Jahre

Eine wahrhafte Geschichte

Johann Heinrich Jung-Stilling

Impressum

Autor: Johann Heinrich Jung-Stilling
Umschlagkonzept: toepferschumann, Berlin

Verlag: tredition GmbH, Hamburg
ISBN: 978-3-8424-9104-5
Printed in Germany

Johann Heinrich Jung-Stilling

Henrich Stillings Jünglings-Jahre

Eine wahrhafte Geschichte

Vater Stilling war zu den ruhigen Wohnungen seiner Voreltern hingegangen, und in seinem Hause ruhte alles in trauriger Todesstille. Seit mehr als hundert Jahren, hatte eine jede Holzaxt, ein jedes Milchfaß, und jedes andre Hausgeräte, seinen bestimmten Ort; der vom langen Gebrauch glatt und poliert war. Ein jeder Nachbar und Freund, aus der Nähe und Ferne, fand immer alles in gewohnter Ordnung; und das macht vertraulich. – Man trat in die Haustür, und war daheim. – Aber nun hing alles öd und still; Gesang und Freude schwiegen, und am Tisch blieb seine Stelle leer; niemand getrauete sich, sich hinzusetzen, bis sie Henrich endlich einnahm, aber er füllte sie nur halb aus.

Margrethe trauerte indessen still, und ohne Klagen; Henrich aber redete viel mit ihr von seinem Großvater. Er dachte sich den Himmel, wie eine herrliche Gegend von Wäldern, Wiesen und Feldern, wie sie im schönsten Mai grünen und blühen, wenn der Südwind drüberherfächelt, und die Sonne jedem Geschöpfe Leben und Gedeihen einflößt. Dann sah er Vater Stilling mit hellem Glanz ums Haupt einhertreten, und ein silberweiß Gewand um ihn herabfließen.

Auf diese Vorstellung bezogen sich alle seine Reden. Einsmals fragte ihn Margrethe: »Was meinst du Henrich! was dein Großvater jetzt machen wird?« Er antwortete: »Er wird nach dem Orion, nach dem Sirius, dem Wagen, und dem Siebengestirn, reisen, und alles wohl besehen, und dann wird er sich erst recht verwundern, und sagen, wie er so oft gesagt hat: ›O welch ein wunderbarer Gott!‹« – »Da hab ich aber keine Lust zu«, erwiderte Margrethe; »was werd ich denn da machen?« Henrich versetzte: »So wie es Maria machte, die zu den Füßen Jesus' saß.« Mit dergleichen Unterredungen wurde das Andenken, an den seligen Mann, öfters erneuert.

Die Haushaltung konnte auf dem Fuß, so wie sie jetzt stund, nicht lange bestehen, deswegen forderte die alte Mutter ihren Eidam Simon, mit seiner Frauen Elisabeth, wieder nach Haus. Denn sie hatten an einem andern Ort Haus und Hof gepachtet, solange der Vater lebte. Sie kamen mit ihren Kindern und Geräte, und übernahmen das väterliche Erbe; alsbald wurde alles fremd, man brach eine Wand der Stube ein, und baute sie vier Fuß weiter in den Hof. Simon hatte nicht Raum gnug, er war kein Stilling, – und der eichene Tisch voll Segen und Gastfreiheit, der alte biedere Tisch, wurde mit einem gelben ahornenen, voller verschlossener Schubladen verwechselt; er bekam seine Stelle auf dem Balken hinter dem Schornstein. – Henrich wallfahrtete zuweilen hin, legte sich neben ihn auf den Boden, und weinte. Simon fand ihn einmal in dieser Stellung, er fragte: »Henrich! was machst du da?« Dieser antwortete: »Ich weine um den Tisch.« Der Oheim lachte, und sagte: »Du magst wohl um ein altes eichenes Brett weinen!« Henrich wurde ärgerlich, und versetzte: »Dieses Gewerbe dahinten, und diesen Fuß da, und diese Ausschnitte am Gewerbe hat mein Großvater gemacht, – wer ihn liebhat, kann das nicht zerbrechen.« Simon wurde zornig, und erwiderte: »Er war mir nicht groß gnug, und wo sollt' ich denn den meinigen lassen?« »Ohm!« sagte Henrich, »den solltet Ihr hieher gestellt haben, bis meine Großmutter tot ist, und wir andern fort sind.«

Indessen veränderte sich alles; das sanfte Wehen des Stillingschen Geistes verwandelte sich ins Gebrause einer ängstlichen Begierde nach Geld und Gut. Margrethe empfand dieses, und mit ihr ihre Kinder; sie zog sich zurück in einen Winkel hinter dem Ofen, und da verlebte sie ihre übrigen Jahre; sie wurde starblind, doch hinderte sie dieses nicht an ihrem Flachsspinnen, womit sie ihre Zeit zubrachte.

Vater Stilling ist hin, nun will ich seinem Enkel, dem jungen Henrich, auf dem Fuß folgen, wo er hingeht, alles andre soll mich nicht aufhalten.

Johann Stilling war nun Schöffe und Landmesser; Wilhelm Schulmeister zu Tiefenbach; Mariechen Magd bei ihrer Schwester Elisabeth; die andern Töchter waren aus dem Hause verheuratet, und Henrich ging nach Florenburg in die lateinische Schule.

Wilhelm hatte eine Kammer in Stillings Haus, auf derselben stund ein Bett, worin er mit seinem Sohn schlief, und am Fenster war ein Tisch mit dem Schneidergeräte; denn, sobald als er von der Schule kam, arbeitete er an seinem Handwerk. Des Morgens früh nahm Henrich seinen Schulsack, worin nebst den nötigen Schulbüchern, und einem Butterbrot für den Mittag, auch die Historia von den vier Heimonskindern, oder sonst ein ähnliches Buch, nebst einer Hirtenflöte, sich befande; sobald er dann gefrühstückt hatte, machte er sich auf den Weg, und wenn er hinaus vors Dorf kam, so nahm er sein Buch heraus, und lase während dem Gehen; oder er trillerte alte Romanzen, und andre Melodien, auf seiner Flöte. Das Lateinlernen wurde ihm gar nicht schwer, und er behielt dabei Zeit gnug, alte Geschichten zu lesen. Des Sommers ging er alle Abend nach Haus, des Winters aber kam er nur samstags abends, und ging des Montags morgens wieder fort; dieses währte vier Jahre, doch blieb er aufs letzte des Sommers über viel zu Haus, und half seinem Vater am Schneiderhandwerk, oder er machte Knöpfe.

Der Weg nach Florenburg, und die Schule selber, machten ihm manche vergnügte Stunde. Der Schulmeister war ein sanfter vernünftiger Mann, und wußte zu geben und zu nehmen. Des Mittags nach dem Essen sammlete Stilling einen Haufen Kinder um sich her, ging mit ihnen hinaus aufs Feld, oder an einen Bach, und dann erzählte er ihnen allerhand schöne empfindsam Historien, und wenn er sich ausgeleert hatte, so mußten andere erzählen. Einsmals waren ihrer auch etliche zusammen auf einer Wiesen, es fand sich ein Knabe herzu, dieser fing an: »Hört Kinder! ich will euch was erzählen: Neben uns wohnt der alte Frühling, ihr wißt, wie er dahergeht, und so an seinem Stock zittert; er hat keine Zähne mehr, auch hört und sieht er nicht viel. Wenn er denn so da am Tisch saß und zitterte, so verschüttete er immer vieles, auch floß ihm zuweilen etwas wieder aus dem Mund. Das ekelte dann seinem Sohn und seiner Schnur, und deswegen mußte der alte Großvater endlich hinter dem Ofen im Eck essen, sie gaben ihm etwas in einem irdenen Schüsselchen, und noch dazu nicht einmal satt, ich hab ihn wohl sehen essen, er sah so betrübt nach dem Tisch, und die Augen waren ihm dann naß. Nun hat er ehgestern sein irdenes Schüsselchen zerbrochen. Die junge Frau keifte sehr mit ihm, er sagte aber nichts, sondern seufzte nur. Da kauften sie ihm ein hölzernes Schüsselchen, für ein Paar Heller, da mußte er gestern mittag zum erstenmal aus essen; wie sie so dasitzen, so schleppt der kleine Knabe von viertehalb Jahr auf der Erden kleine Brettchen zusammen. Der junge Frühling fragt: ›Was machst du da, Peter?‹ ›Ho!‹ sagt das Kind, ›ich mach ein Tröglein, daraus sollen Vater und Mutter essen, wenn ich groß bin.‹ Der junge Frühling und seine Frau sahen sich eine Weile an, fingen endlich an zu weinen, und holten alsofort den alten Großvater an den Tisch, und ließen ihn mit essen.«

Die Kinder sprungen in die Höhe, klatschten in die Hände, lachten, und riefen: »Das ist recht artig; sagte das der kleine Peter?« »Ja«, versetzte der Knabe, »ich hab dabeigestanden, wie's geschah.« Henrich Stilling aber lachte nicht, er stund und sah vor sich nieder; die Geschichte drung ihm durch Mark und Bein, bis ins Innerste seiner Seelen; endlich fing er an: »Das sollte meinem Großvater widerfahren sein! ich glaube er wäre von seinem hölzernen Schüsselchen aufgestanden, in die Ecke der Stuben gegangen, und dann hätte er sich hingestellt, und gerufen: ›Herr, stärke mich in dieser Stunde, daß ich mich einst räche an diesen Philistern!‹ dann hätte er sich gegen den Eckpfosten gesträubt, und das Haus eingeworfen. »Sachte! sachte! Stilling!« redete ihm der größten Knaben einer ein, »das wäre doch von deinem Großvater ein wenig zu arg gewesen.« »Du hast recht!« sagte Henrich; »aber denk! es ist doch recht satanisch; wie oft hat wohl der alte Frühling seinen Jungen auf dem Schoß gehabt, und ihm die beste Brocken in Mund gesteckt? es wär' doch kein Wunder, wenn einmal ein feuriger Drache um Mitternacht, wenn das Viertel des Monds eben untergegangen ist, sich durch den Schornstein eines solchen Hauses hinunterschlengerte, und alles Essen vergiftete.« Wie er eben auf den Drachen kam, ist kein Wunder, denn er hatte selbsten vor kurzen Tagen des Abends, als er nach Haus ging, einen großen durch die Luft fliegen sehen, und er glaubte vor die Zeit noch fest, daß es einer von den obersten Teufeln selbst gewesen.

So verfloß die Zeit unter der Hand, und es war nun bald an dem, daß er die lateinische Schule nach und nach verlassen, und seinem

Vater am Handwerk helfen mußte; doch dieses war schweres Leiden für ihn; er lebte nur in den Büchern, und es dauchte ihn immer, man ließe ihm nicht Zeit gnug zum Lesen; deswegen sehnte er sich unbeschreiblich, einmal Schulmeister zu werden; dieses war in seinen Augen die höchste Ehrenstelle, die er jemals zu erreichen glaubte. Der Gedanke, ein Pastor zu werden, war zu weit jenseits seiner Sphäre. Wenn er sich aber zuweilen hinaufschwung, sich auf die Kanzel dachte, und sich dazu vorstellte, wie selig es sei, ein ganzes Leben unter Büchern hinzubringen, so erweiterte sich sein Herz, er wurde von Wonne durchdrungen, und dann fiel ihm wohl zuweilen ein: Gott hat mir diesen Trieb nicht umsonst eingeschaffen, ich will ruhig sein, Er wird mich leiten, und ich will ihm folgen.

Dieser Enthusiasmus verleitete ihn zuweilen, wenn seine Leute nicht zu Haus waren, eine lustige Komödie zu spielen; er versammlete so viel Kinder um sich her, als er zusammentreiben konnte, hing einen Weiberschurz auf den Rücken, machte sich einen Kragen von weißem Papier, trat alsdann auf einen Lehnstuhl, so daß er die Lehne vor sich hatte, und dann fing er mit einem Anstand an zu predigen, der alle Zuhörer in Erstaunen setzte. Dieses tat er oft, denn es war auch nur sein einziges Kinderspiel, das er jemalen mag getrieben haben.

Nun trug es sich einsmalen zu, als er recht heftig deklamierte, und seinen Zuhörern die Hölle heiß machte, daß Herr Pastor Stollbein auf einmal in die Stube trat; er lächelte nicht oft, doch konnte er's jetzt nicht verbeißen; Henrich lachte aber nicht, sondern er stund wie eine Bildsäule, blaß wie die Wand, und das Weinen war ihm näher als das Lachen; seine Zuhörer stellten sich alle an die Wand und falteten die Hände. Henrich sahe den Pastor furchtsam an, ob er vielleicht den Rohrstab aufheben möchte, um ihn zu schlagen; denn das war so seine Gewohnheit, wenn er die Kinder spielen sah; doch er tat's jetzt nicht, er sagte nur:»Geh herunter, und stell dich dahin, wirf den närrischen Anzug von dir!« Henrich gehorchte gern; Stollbein fuhr fort:

»Ich glaub du hast wohl den Pastor im Kopf?«

»Ich hab kein Geld zu studieren.«

»Du sollst nicht Pastor, sondern Schulmeister werden!«

»Das will ich gern, Herr Pastor! aber wenn unser Herr Gott nun haben wollte, daß ich Pastor, oder ein andrer gelehrter Mann werden sollte, muß ich dann sagen: ›Nein, lieber Gott! ich will Schulmeister bleiben, der Herr Pastor will's nicht haben?‹«

»Halt's Maul, du Esel! weißt du nicht wen du vor dir hast?«

Nun katechisierte der Pastor die Kinder alle, darinnen hatte er eine vortreffliche Gabe.

Bei nächster Gelegenheit suchte Herr Stollbein Wilhelmen zu bereden, er mögte doch seinen Sohn studieren lassen, er versprach sogar, Vorschub zu verschaffen; allein dieser Berg war zu hoch, er ließ sich nicht ersteigen.

Henrich kämpfte indessen in seinem beschwerlichen Zustand rechtschaffen; seine Neigung zum Schulhalten war unaussprechlich; aber nur bloß aus dem Grund, um des Handwerks los zu werden, und sich mit Büchern beschäftigen zu können; denn er fühlte selbst gar wohl, daß ihm die Unterrichtung andrer Kinder ew'ge Langeweile machen würde. Doch machte er sich das Leben so erträglich, als es ihm möglich war. Die Mathematik nebst alten Historien und Rittergeschichten war sein Fach; denn er hatte würklich den Tobias Beutel und Bions mathematische Werkschule ziemlich im Kopf; besonders ergötzte ihn die Sonnuhrkunst über die Maße; es sahe komisch aus, wie er sich den Winkel, in welchem er saß und nähte, so nach seiner Phantasie ausstaffiert hatte; die Fensterscheiben waren voll Sonnenuhren, inwendig vor dem Fenster stund ein viereckichter Klotz, in Gestalt eines Würfels, mit Papier überzogen, und auf allen fünf Seiten mit Sonnenuhren bezeichnet, deren Zeiger abgebrochene Nähnadeln waren; oben unter der Stubendecke war gleichfalls eine Sonnenuhr, die von einem Stücklein Spiegel im Fenster erleuchtet wurde; und ein astronomischer Ring von Fischbein hing an einem Faden vor dem Fenster; dieser mußte auch die Stelle der Taschenuhr vertreten, wenn er ausging. Alle diese Uhren waren nicht allein gründlich und richtig gezeichnet, sondern er verstand auch schon dazumal die gemeine Geometrie, nebst Rechnen und Schreiben aus dem Grund, ob er gleich nur ein Knabe von zwölf Jahren, und ein Lehrjunge im Schneiderhandwerk war.

Der junge Stilling fing auch nunmehro an, zu Herrn Stollbein in die Katechisation zu gehen; das war ihm nun zwar eine Kleinigkeit, allein es hatte doch auch seine Beschwerden; denn da der Pastor immer ein Auge auf ihn hatte, so entdeckte er auch immer etwas an ihm, das ihm nicht gefiel; zum Beispiel: Wenn er in die Kirche, oder in die Catechisationsstube kam, so war er immer der Vorderste, und hatte also auch immer den obersten Stand; dieses konnte nun der Pastor gar nicht leiden, denn er liebte an andern Leuten die Demut ungemein. Einsmals fuhr er ihn an, und sagte:

»Warum bist du immer der Vorderste?« Er antwortete:

»Wenn's Lernen gilt, so bin ich nicht gern der Hinterste.«

»Ei, weißt du Schlingel kein Mittel zwischen hinten und vornen?«

Stilling hätte gern noch ein Wörtchen dazugesetzt, allein er fürchte sich, den Pastor zu erzürnen. Herr Stollbein spazierte die Stube ab, und indem er wiederum heraufkam, sagte er lächelnd: »Stilling, was heißt das zu deutsch: medium tenuere beati?«

»Das heißt: die Seligen haben den Mittelweg gehalten; doch deucht mir, man könnte auch sagen: plerique medium tenentes sunt damnati.« (Die mehresten Leute sind verdammt, die das Mittel gehalten haben, das ist: Die weder kalt noch warm sind) Herr Stollbein stutzte, sah ihn an, und sagte: »Junge! ich sage dir, du sollst das Recht haben voranzustehen, du hast vortrefflich geantwortet.« Doch nun stund er nie wieder vornen, damit ihm die andre Kinder nicht bös werden möchten. Ich weiß nicht, ob es Feigherzigkeit, oder ob es Demut war. Nun fragte ihn Herr Stollbein wieder: »Warum gehst du nicht an deinen Ort?« Er antwortete: »Wer sich selbst erniedriget, der soll erhöhet werden.« »Schweig!« erwiderte der Pastor, »du bist ein vorwitziger Bursche.« Dieses ging nun so seinen Gang fort, bis im Jahr 1755 auf Ostern, da Henrich Stilling vierzehn und ein halb Jahr alt war; vierzehn Tage vor dieser Zeit, ließ ihn Herr Pastor Stollbein allein vor sich kommen, und sagte zu ihm: »Hör, Stilling, ich wollte gern einen braven Kerl aus dir machen, du mußt aber hübsch fromm, und mir, deinem Vorgesetzten, gehorsam sein; auf Ostern will ich dich, mit noch andern, die älter sind als du, zum heiligen Abendmahl einsegnen, und dann will ich sehen, ob ich dich nicht zum Schulmeister machen kann.« Stillingen hüpfte das Herz für Freuden, er dankte dem Pastor, und versprach, alles zu tun, was er haben wollte. Das gefiel dem alten Manne von Herzen, er ließ ihn im Frieden gehen, und hielte sein Wort treulich, denn auf Ostern ging er zum Nachtmahl, und alsofort wurde er zum Schulmeister nach Zellberg bestimmt, welches Amt er den ersten Mai antreten mußte. Die Zellberger verlangten auch mit Schmerzen nach ihm, denn sein Ruhm war weit und breit erschollen. Die Wonne läßt sich nicht aussprechen, welche der junge Stilling hierüber empfand, er konnte kaum den Tag erwarten, der zum Antritt seines Amts bestimmt war.

Zellberg liegt eben hinter der Spitze des Gillers, man geht von Tiefenbach gerade den Wald hinauf; sobald man auf die Höhe kommt, hat man vor sich ein großes ebenes Feld, nahe zur rechten Seiten den Wald, dessen hundertjährige Eichen und Maibuchen in gerader Linie gegen Osten zu, wie eine Preußische Wachtparade, hingepflanzt stehen, und den Himmel zu tragen scheinen; fast ostwärts, am Ende des Waldes, erhebt sich ein buschichter Hügel, auf dem Höchsten, oder auch der Hänsgesberg genannt; dieses ist der höchste Gipfel von ganz Westfalen. Von Tiefenbach bis dahin hat man drei Viertelstund' beständig gerad und steil aufzusteigen. Linker Hand liegt eine herrliche Flur, die sich gegen Norden in einen Hügel von Saatland erhebt, dieser heißt: auf der Antonius-Kirche. Vermutlich hat in alten Zeiten eine Kapelle da gestanden, die diesem Heiligen gewidmet gewesen. Vor diesem Hügel, südwärts, liegt ein schöner herrschaftlicher Meierhof, der von Pachtern bewohnt wird. Nordostwärts senkt sich die Fläche in eine vortreffliche Wiese, die sich zwischen buschichten Hügeln herumdrängt; zwischen dieser Wiese und dem Höchsten geht durchs Gebüsche, ein grüner Rasenweg vom Feld aus, längs die Seite des Hügels fort, bis er sich endlich im feierlichen Dunkel dem Auge entzieht; es ist ein bloßer Holzweg, und von der Natur und dem Zufall so entstanden. Sobald man über den höchsten Hügel hin ist, so kommt man an das Dorf Zellberg; dieses liegt also an der Ostseite des Gillers; da wo in einer Wiesen ein Bach entspringt, der endlich zum Fluß wird, und nicht weit von Kassel in die Weser fällt. Die Lage dieses Orts ist bezaubernd schön, besonders im späteren Frühling, im Sommer und im Anfang des Herbsts; der Winter aber ist daselbst fürchterlich. Das Geheul des Sturms, und der Schwall von Schnee, welcher vom Wind getrieben, hinstürzt, verwandelt dieses Paradies in eine

Norwegische Landschaft. Dieser Ort war also der erste, wo Henrich Stilling die Probe seiner Fähigkeiten ablegen sollte.

Auf den kleinen Dörfern in diesen Gegenden, wird vom ersten Mai bis auf Martini, und also den Sommer durch, wöchentlich nur zween Tage, nämlich freitags und samstags Schul' gehalten; und so war's auch zu Zellberg. Stilling ging freitags morgens mit Sonnenaufgang hin, und kam des Sonntags abends wieder. Dieser Gang hatte für ihn etwas Unbeschreibliches; – besonders wenn er des Morgens vor Sonnenaufgang auf der Höhe aufs Feld kam, und die Sonne dort aus der Ferne, zwischen den buschichten Hügeln aufstieg; vor ihr her säuselte ein Windchen, und spielte mit seinen Locken; dann schmolz sein Herz, er weinte oft, und wünschte Engel zu sehen, wie Jakob zu Mahanaim. Wenn er nun da stund, und in Wonnegefühl zerschmolz, so drehte er sich um, sahe Tiefenbach unten im nächtlichen Nebel liegen. Zur Linken senkte sich ein großer Berg, der Hitzige Stein genannt, vom Giller herunter, zur Rechten vorwärts lagen ganz nahe die Ruinen des Geisenberger Schlosses. Da traten dann alle Szenen, die da zwischen seinem Vater, und seiner seligen Mutter, zwischen seinem Vater und ihm, vorgegangen waren, als so viele vom herrlichsten Licht erleuchtete Bilder vor die Seele, er stund wie ein Trunkener, und überließ sich ganz der Empfindung. Dann schaute er in die Ferne; zwölf Meilen südwärts lag der Taunus oder Feldberg nahe bei Frankfurt, acht bis neun Meilen westwärts lagen vor ihm die sieben Berge am Rhein, und so fort eine unzählbare Menge, weniger berühmter Gebirge; aber nordwestlich lag ein hoher Berg, der mit seiner Spitze dem Giller fast gleich kam; dieser verdeckte Stillingen die Aussicht über die Schaubühne seiner künftigen großen Schicksale.

Hier war der Ort, wo Henrich eine Stunde lang verweilen konnte, ohne sich selbst recht bewußt zu sein; sein ganzer Geist war Gebet, inniger Friede, und Liebe gegen den Allmächtigen, der das alles gemacht hatte.

Zuweilen wünschte er auch wohl ein Fürst zu sein, um eine Stadt auf dieses Gefilde bauen zu können; alsofort stund sie schon da vor seiner Einbildung; auf der Antonius-Kirche hatte er seine Residenz, auf dem Höchsten sah er das Schloß der Stadt, so wie Montalban in den Holzschnitten, im Buch von der schönen Melusine; dieses

Schloß sollte Henrichsburg heißen, wegen des Namens der Stadt stund er noch immer im Zweifel, doch war ihm der Name Stillingen der schönste. Unter diesen Vorstellungen stieg er auf vom Fürsten zum Könige, und wenn er aufs Höchste gekommen war, so sah er Zellberg vor sich liegen, und war nichts weiter, als zeitiger Schulmeister daselbst, und so war's ihm dann auch recht, denn er hatte Zeit zu lesen.

An diesem Ort wohnte ein Jäger, namens Krüger, ein redlicher braver Mann; dieser hatte zween junge Knaben, aus denen er gern etwas Rechts gemacht hätte. Er hatte den alten Stilling herzlich geliebt, und so liebte er auch seine Kinder. Diesem war es Seelenfreude, den jungen Stilling als Schulmeister in seinem Dorf zu sehen. Daher entschloß er sich, denselben bei sich ins Haus zu nehmen. Henrichen war dieses eben recht, sein Vater machte alle Kleider für den Jäger und seine Leute, und deswegen war er daselbst am mehresten bekannt; überdem wußte er, daß Krüger viel rare Bücher hatte; die er recht zu nutzen gedachte. Er quartierte sich daselbst ein; und das erste, was er vornahm, war die Untersuchung der Krügerischen Bibliothek; er schlug einen alten Folianten auf, und fand eine Übersetzung Homers in teutsche Verse; er hüpfte für Freuden, küßte das Buch, drückte es an seine Brust, bat sich's aus, und nahm es mit in die Schule: wo er's in der Schublade unter dem Tisch sorgfältig verschloß, und so oft darinnen lase, als es ihm nur möglich war. Auf der lateinischen Schule hatte er den Virgilius erklärt, und bei der Gelegenheit so viel vom Homer gehört, daß er vorher Schätze darum gegeben hätte, um ihn nur einmal lesen zu können; nun bot sich ihm hier die Gelegenheit von selbst dar, und er nutzte sie auch rechtschaffen.

Schwerlich ist die »Ilias«, seit der Zeit, daß sie in der Welt gewesen, mit mehrerem Entzücken und Empfindung gelesen worden. Hektor war sein Mann, Achill aber nicht, Agamemnon noch weniger; mit einem Wort: er hielt es durchgehende mit den Trojanern, ob er gleich den Paris mit seiner Helenen kaum des Andenkens würdigte; besonders weil er immer zu Haus blieb, da er doch die Ursache des Kriegs war. Das ist doch ein unerträglicher schlechter Kerl! dachte er oft bei sich selber. Niemand dauerte ihn mehr als der alte Priam. Die Bilder und Schilderungen des Homers waren so sehr nach seinem Geschmack, daß er sich nicht enthalten konnte, laut zu jauchzen, wenn er ein so recht lebhaftes Wort fand, das der Sache angemessen war; damals wär' die rechte Zeit gewesen, den Ossian zu lesen.

Diese hohe Empfindung hatte aber auch noch Nebenursachen; die ganze Gegend trug dazu bei. Man denke sich einen bis zur höchsten Stufe des Enthusiasmus empfindsamen Geist, dessen Geschmack natürlich, und noch nach keiner Mode gestimmt war, sondern der nichts als wahre Natur empfunden, gesehen und studiert hatte; der ohne Sorge und Gram, höchst zufrieden mit seinem Zustand lebte, und allem Vergnügen offen stunde; ein solcher Geist, liest den Homer in der schönsten und natürlichsten Gegend von der Welt, und zwar des Morgens in der Frühstunde. Man stelle sich die Lage dieses Orts vor; er saß auf der Schule an zweien Fenstern, die nach Osten gekehret waren; diese Schule stand an der Mittagsseite, am Abhang des höchsten Hügels, um dieselbe her waren alte Birken mit schneeweißen Stämmen auf einem grünen Rasen gepflanzt, deren dunkelgrüne Blätter beständig fort im ewigen Winde flisperten. Gegen Sonnenaufgang war ein prächtiges Wiesental, das sich an buschichte Hügel und Gebirge anschloß. Gegen Mittag lag, etwas niedriger, das Dorf, hinter demselben eine Wiese, und dann stieg unvermerkt eine Flur von Feldern auf, die ein Wald begrenzte. Gegen Abend in der Nähe, war der hohe Giller mit seinen tausend Eichen. Hier las Stilling den Homer im Mai und Junius, wenn ohnedas die ganze halbe Welt schön ist, und in der Kraft ihres Erhalters jauchzet.

Über das alles waren auch seine Bauern gute natürliche Leute, die beständig mit alten Sagen und Erzählungen schwanger gingen, und bei jeder Gelegenheit damit herauskramten; dadurch wurde der Schulmeister vollends recht mit seinem Element genährt, und zu Empfindungen aufgelegt. Er ging einsmals hinter der Schule den höchsten Hügel hinauf spazieren, oben auf der Spitze traf er einen alten Bauer aus seinem Dorf, der Holz sammelte, sobald dieser den Schulmeister kommen sahe, hörte er auf zu arbeiten, und sagte:

»Es ist gut, Schulmeister, daß du kommst, ich bin doch müde, nun hör was ich dir sagen will; ich denke soeben dran. Ich und dein Großvater haben vor dreißig Jahren einmal hier Kohlen gebrennt, da hatten wir viel Freude! wir kamen immer beieinander, aßen und trunken zusammen, und redeten dann immer von alten Geschichten. Du siehst hier rund umher, soweit dein Auge trägt, keinen Berg, oder wir besannen uns auf seinen Namen, und den Ort, wo er am nächsten liegt; das war uns dann nun so recht eine Lust, wenn wir da so lagen, und uns Geschichten erzählten, und zugleich den Ort zeigen konnten, wo sie geschehen waren.« Nun hielte der Bauer die linke Hand über die Augen, und mit der Rechten wies er gegen Abend und Nordwest hin, und sagte: »Da etwas niederwärts siehst du das Geisenberger Schloß, gerad hinter demselben, dort weit weg, ist ein hoher Berg mit dreien Köpfen, der mittelste heißt noch der Kindelsberg, da stand vor uralten Zeiten ein Schloß, das auch so hieß; da wohnten Ritter drauf, das waren sehr gottlose Leute. Da zur Rechten hatten sie, an dem Kopf, ein sehr schönes Silberbergwerk, wovon sie stockreich wurden. Nu, was geschah! Der Übermut ging so weit, daß sie sich silberne Kegel machten; wenn sie spielten, so warfen sie diese Kegel mit silbernen Klötzen; dann buken sie große Kuchen von Semmelmehl, wie Kutschenräder, machten mitten Löcher darein, und steckten sie an die Achsen; das war nun eine himmelschreiende Sünde, denn wie viele Menschen haben kein Brot zu essen. Unser Herr Gott ward es auch endlich müde; denn es kam des Abends spät ein weißes Männchen ins Schloß, der sagte ihnen an, daß sie alle binnen drei Tagen sterben müßten, und zum Wahrzeichen gab er ihnen, daß diese Nacht eine Kuh zwei Lämmer werfen würde. Das geschah auch, aber niemand kehrte sich dran, als der jüngste Sohn, der Ritter Siegmund hieß, und eine Tochter, die eine gar schöne Jungfrau war. Diese beteten Tag und Nacht. Die andern sturben alle an der Pest, und diese beide blieben am Leben. Nun war aber hier auf dem Geisenberg auch ein junger kühner Ritter, der ritte beständig ein großes schwarzes Pferd, deswegen hieß man ihn auch nicht anders, als den Ritter mit dem schwarzen Pferd. Er war ein gottloser Mensch, der immer raubte und mordete. Dieser Ritter gewann die schöne Jungfrau auf dem Kindelsberg lieb, und wollte sie absolut haben, aber es nahm ein schlechtes Ende. Ich kann noch ein altes Lied von der Geschichte.«

Der Schulmeister sagte: »Ich bitt Euch Kraft (so hieß der Bauer) sagt mir doch das Lied vor!« Kraft antwortete: »Das will ich gern tun, ich will dir's wohl singen.« Er fing an:

Zu Kindelsberg auf dem hohen Schloß,
    Steht eine alte Linde : :
Von vielen Ästen kraus und groß,
    Sie saust am kühligen Winde : :

Da steht ein Stein ist breit, ist groß,
    Gar nah an dieser Linde : :
Ist grau und rauh von altem Moos,
    Steht fest im kühligen Winde : :

Da schläft eine Jungfrau den traurigen Schlaf,
    Die treu war ihrem Ritter : :
Das war von der Mark ein edler Graf,
    Ihr wurde das Leben bitter : :

Er war mit dem Bruder ins weite Land
    Zur Ritterfehde gegangen : :
Er gab der Jungfrau die eiserne Hand,
    Sie weinte mit Verlangen : :

Die Zeit die war nun lang vorbei,
    Der Graf kam noch nicht wieder : :
Mit Sorg' und Tränen mancherlei,
    Saß sie bei der Linde nieder : :

Da kam der junge Rittersmann,
    Auf seinem schwarzen Pferde : :
Der sprach die Jungfrau freundlich an,
    Ihr Herze er stolz begehrte : :

Die Jungfrau sprach: »Du kannst mich nie
    Zu deinem Weiblein haben : :
Wenn's dürr ist das grüne Lindlein hie,
    Dann will ich dein Herze laben : :

Die Linde war noch jung und schlank,
    Der Ritter sucht im Lande : :
Ein' dürre Linde so groß, so lang,

Bis er sie endlich fande : :

Er ging wohl in dem Mondenschein
    Grub aus die grüne Linde : :
Und setzt die dürre dahinein,
    Belegt's mit Rasen geschwinde : :

Die Jungfrau stand des Morgens auf,
    Am Fenster war's so lichte : :
Des Lindleins Schatten spielte nicht drauf,
    Schwarz ward's ihr vor dem Gesichte : :

Die Jungfrau lief zur Linde hin,
    Setzt' sich mit Weinen nieder : :
Der Ritter kam mit stolzem Sinn,
    Begehrt' ihr Herze wieder : :

Die Jungfrau sprach in großer Not:
    »Ich kann dich nimmer lieben!« : :
Der stolze Ritter stach sie tot,
    Das tät den Graf betrüben : :

Der Graf kam noch denselben Tag,
    Er sah mit traurigem Mute : :
Wie da bei dürrer Linde lag
    Die Jungfrau in rotem Blute : :

Er machte da ein tiefes Grab,
    Der Braut zum Ruhebette : :
Und sucht' eine Linde bergauf und -ab,
    Die setzt' er an die Stätte : :

Und einen großen Stein dazu,
    Der steht noch in dem Winde : :
Da schläft die Jungfrau in guter Ruh',
    Im Schatten der grünen Linde : :

Stilling lauschte still, er durfte kaum Odem holen, die schöne
Stimme des alten Krafts, die rührende Melodie und die Geschichte
selber würkten dergestalt auf ihn, daß ihm das Herz pochte, er besuchte den alten Bauer oft, der ihm dann das Lied so oft vorsang,
bis er's auswendig konnte. Nun senkte sich die Sonne hinter den
fernen blauen Berg; Kraft und der Schulmeister, gingen den Hügel

herab, die braunen und scheckichten Kühe grasten in der Trift, ihre heisere Schellen klangen widerhallend hin und her. Die Knaben liefen in den Höfen herum, und teilten ihr Butterbrot und Käse zusammen; die Hausmütter machten den Stall zurecht, und die Hühner flatschten eins nach dem andern hinauf zu ihrem Loch; noch einmal drehte sich der orangegelbe und rotbraune Hahn auf seinem Pfahl vor dem Loch herum, und krähte seinen Nachbarn gute Nacht; durch den Wald herab sprachen die Kohlbrenner, die Quersäcke auf den Nacken, und freuten sich der nahen Ruhe.

Henrich Stillings Schulmethode war seltsam, und so eingerichtet, daß er wenig oder nichts dabei verlor. Des Morgens, sobald die Kinder in die Schule kamen, und alle beisammen waren, so betete er mit ihnen, und katechisierte sie in den ersten Grundsätzen des Christentums, nach eigenem Gutdünken ohne Buch; dann ließ er einen jeden ein Stück lesen, wenn das vorbei war, so ermunterte er die Kinder den Katechismus zu lernen, indem er ihnen versprach schöne Historien zu erzählen, wenn sie ihre Aufgabe recht gut auswendig können würden; während der Zeit schrieb er ihnen vor, was sie nachschreiben sollten, ließ sie noch einmal alle lesen, und denn kam's zum Erzählen, wobei vor und nach alles erschöpft wurde, was er jemals in der Bibel, im Kaiser Oktavianus, der schönen Magelone, und andern mehr gelesen hatte; auch die Zerstörung der königlichen Stadt Troja wurde mit vorgenommen. So war es auf seiner Schule Sitte und Gebrauch von einem Tag zum andern. Es läßt sich nicht aussprechen mit welchem Eifer die Kinder lernten, um nur früh ans Erzählen zu kommen; waren sie aber mutwillig, oder nicht fleißig gewesen, so erzählte der Schulmeister nicht, sondern lase selbsten.

Niemand verlor bei dieser seltsamen Manier zu unterweisen, als die Abc-Schüler, und die am Buchstabieren waren; dieser Teil des Schulamts war Stilling viel zu langweilig. Des Sonntags morgens versammleten sich die Schulkinder um ihren angenehmen Lehrer, und so wanderte er mit seinem Gefolge unter den schönsten Erzählungen nach Florenburg in die Kirche, und nach der Predigt in eben der Ordnung wieder nach Haus.

Die Zellberger waren indessen mit Stilling recht gut zufrieden, sie sahen, daß ihre Kinder lernten, ohne viel gezüchtigt zu werden;

verschiedene hatten sogar ihre Freude an all den schönen Geschichten, welche ihnen ihre Kinder zu erzählen wußten. Besonders liebte ihn Krüger aus der Maßen, denn er konnte vieles mit ihm aus dem Paralacelsus reden, (so sprach der Jäger das Wort Paracelsus aus); er hatte eine alte teutsche Übersetzung seiner Schriften, und da er ein sklavischer Verehrer aller der Männer war, von denen er glaubte, daß sie den Stein Lapis gehabt hätten, so waren ihm Jacob Böhms, Graf Bernhards, und des Paracelsus Schriften, große Heiligtümer. Stilling selber fand Geschmack darinnen, nicht bloß wegen des Steins der Weisen, sondern weilen er ganz hohe und herrliche Begriffe, besonders im Böhm zu finden glaubte; wenn sie das Wort: Rad der ewigen Essenzien, oder auch schielender Blitz, und andre mehr aussprachen, so empfunden sie eine ganz besondere Erhebung des Gemüts. Ganze Stunden lang forschten sie in magischen Figuren, bis sie manchmal Anfang und Ende verloren, und meinten: die vor ihnen liegende Zauberbilder lebten und bewegten sich; das war dann so rechte Seelenfreude, im Taumel groteske Ideen zu haben, und lebhaft zu empfinden.

Allein dieses paradiesische Leben war von kurzer Dauer. Herr Pastor Stollbein und Herr Förster Krüger waren Todfeinde. Dieses kam daher: Stollbein war ein unumschränkter Monarch in seinem Kirchspiel; sein geheimes Ratskollegium, ich meine das Konsistorium, bestund aus lauter Männern, die er selber angeordnet hatte, und von denen er voraus wußte, daß sie einfältig gnug waren, immer ja zu sagen. Vater Stilling war der letzte gewesen, der noch vom vorigen Prediger bestellet worden; daher fand er nirgends Widerstand. Er erklärte Krieg und schloß Frieden, ohne jemand zu Rat zu ziehen, alles fürchtete ihn, und zitterte in seiner Gegenwart. Doch kann ich nicht sagen, daß das gemeine Wesen unter seiner Regierung sonderlich gelitten hätte, er hatte bei seinen Fehlern, eine Menge guter Eigenschaften. Nur Krüger und einige der Vornehmsten zu Florenburg haßten ihn so sehr, daß sie fast gar nicht in die Kirche gingen, vielweniger bei ihm kommunizierten. Krüger sagte öffentlich: er sei vom bösen Geist besessen; und daher tat er immer gerade das Gegenteil von dem, was der Pastor gern sahe.

Nachdem Stilling einige Wochen zu Zellberg gewesen war, so beschloß Herr Stollbein, seinen neuen Schulmeister daselbst einmal zu besuchen; er kam des Vormittags um neun Uhr in die Schule; zum

Glück war Stilling weder am Erzählen noch Lesen. Er wußte aber schon, daß er bei Krügern im Hause war, daher sah er ganz mürrisch aus, schaute umher, und fragte: »Was macht Ihr mit den Schiefersteinen auf der Schul'?« – (Stilling hielte des Abends eine Rechenstunde mit den Kindern) Der Schulmeister antwortete: »Darauf rechnen die Kinder des Abends.« Der Pastor fuhr fort:

»Das kann ich wohl denken, aber wer heißt Euch das!«

Henrich wußte nicht, was er sagen sollte, er sah dem Pastor ins Gesicht, und verwunderte sich, endlich erwiderte er lächelnd: »Der mich geheißen hat, die Kinder Lesen, Schreiben und den Katechismus zu lehren, der hat mich auch geheißen, sie im Rechnen zu unterrichten.«

»Ihr... ich hätte bald was gesagt! lehrt sie erst einmal das Nötigste, und wenn sie das können, so lehrt sie auch rechnen.«

Nun fing es an Stillingen weich ums Herz zu werden. Das ist so seiner Natur gemäß, anstatt daß andre Leute bös und launicht werden, schießen ihm die Tränen in die Augen, und die Backen herunter; es gibt aber auch einen Fall, in welchem er recht zornig werden kann: Wenn man ihn, oder auch sonsten eine ernste und empfindsam Sache satirisch behandelt. »Gott!« versetzte er, »wie soll ich's doch machen? Die wollen haben, ich soll die Kinder rechnen lehren, und der Herr Pastor will's nicht haben! Wem soll ich nun folgen?«

»Ich hab in Schulsachen zu befehlen«, sagte Stollbein, »und Eure Bauern nicht!« Und damit ging er zur Tür hinaus.

Stilling befahl alsofort: alle Schiefersteine herabzunehmen, und auf einen Haufen hinter dem Ofen unter die Bank zu legen; das wurde befolgt, doch schrieb ein jeder seinen Namen mit dem Griffel auf den seinigen.

Nach der Schule ging er zu dem Kirchenältesten, erzählte ihm den Vorfall, und fragte ihn um Rat. Der Mann lächelte, und sagte: »Der Pastor wird so seine böse Laune gehabt haben, legt Ihr die Steine zurück, daß er sie nicht sieht, wenn er wiederkommen sollte, fahrt Ihr aber fort, die Kinder müssen doch rechnen lernen!« Er erzählte es auch Krügern, dieser glaubte: der Teufel habe ihn besessen, und nach seiner Meinung sollten nun auch die Mädchen sich Schiefersteine anschaffen, und das Rechnen lernen, seine Kinder wenigstens sollten es nun zuerst vornehmen. Und das geschah auch, Stilling mußte den größten Knaben sogar in der Geometrie unterrichten.

So stunden die Sachen den Sommer über, aber niemand vermutete, was den Herbst geschah. Vierzehn Tage vor Martini, kam der Älteste in die Schule, und kündigte Stilling im Namen des Pastors an, auf Martini die Schule zu verlassen, und zu seinem Vater zurückzukehren. Dieses war dem Schulmeister und den Schülern ein Donnerschlag, sie weinten allzusammen. Krüger und die übrigen Zellberger wurden fast rasend, sie stampften mit den Füßen, und schwuren: der Pastor sollte ihnen ihren Schulmeister nicht nehmen. Allein Wilhelm Stilling, wie sehr er sich auch ärgerte, fand doch ratsamer seinen Sohn bei sich zu nehmen, um ihn an seinem fernern Glück nicht zu hindern. Des Sonntags nachmittags vor Martini stopfte der gute Schulmeister sein bißchen Kleider und Bücher in einen Sack, hing ihn auf den Rücken, und wanderte aus Zellberg das Höchste hinauf, seine Schüler gingen truppweise hinten nach und weinten, er selbsten vergoß tausend Tränen, und beweinte die süße Zeiten, die er zu Zellberg zugebracht hatte. Der ganze westliche Himmel sah ihm traurig aus, die Sonne verkroch sich hinter ein schwarzes Wolkengebirge, und er wanderte im Dunkel des Waldes den Giller hinunter.

Des Montags morgens setzte ihn sein Vater wieder in seinen alten Winkel an die Nähnadel. Das Schneiderhandwerk war ihm nun doppelt verdrießlich, nachdem er die Süßigkeit des Schulhaltens geschmeckt hatte. Das einzige, was ihm noch übrigbliebe, war, daß er seine alte Sonnenuhren wiederum in Ordnung brachte, und seiner Großmutter die Herrlichkeit des Homers erzählte, die sich dann auch alles wohl gefallen ließ, und wohl gar Geschmack daran hatte, nicht so sehr aus eigenem Naturtrieb, sondern weilen sie sich erinnerte: daß ihr seliger Eberhard ein großer Liebhaber von dergleichen Sachen gewesen war.

Henrich Stillings Leiden stürmten nun mit voller Kraft auf ihn zu, er glaubte fest, er sei nicht zum Schneiderhandwerk geboren, und er schämte sich von Herzen so dazusitzen, und zu nähen; wenn daher jemand Ansehnliches in die Stube kam so wurde er rot im Gesicht.

Einige Wochen hernach begegnete dem Ohm Simon Herr Pastor Stollbein im Fuhrweg; als er den Pastor von ferne herreiten sahe, arbeitete er sich über Hals und Kopf mit dem Ochsen und seiner Karre aus dem Wege auf das Feld, stellte sich mit dem Hut in der Hand neben den Ochsen hin, bis Herr Stollbein herzukam.

»Nu, was macht euers Schwagers Sohn?«

»Er sitzt am Tisch und näht!«

»Das ist recht! so will ich's haben!«

Stollbein ritte fort, und Simon fuhr seiner Wege nach Haus. Alsofort erzählte er Wilhelmen was der Pastor gesagt hatte; Henrich hörte es mit größtem Herzeleid; ermunterte sich aber wieder, als er sahe, wie sein Vater mit aufgebrachtem Gemüt, das Nähzeug von sich warf, aufsprang, und mit Heftigkeit sagte: »Und ich will haben er soll Schul' halten, sobald sich Gelegenheit dazu äußert!« Simon versetzte, »Ich hätt' ihn zu Zellberg gelassen, der Pastor wird doch noch zu bezwingen sein.« »Das hätte wohl geschehen können«, antwortete Wilhelm, »aber man hat ihn hernach doch immer auf den Hals, und wird seines Lebens nicht froh. Leiden ist besser als Streiten.« »Meinetwegen«, fuhr Simon fort, »ich schier mich nichts um ihn, er sollte mir nur einmal zu nahe kommen!« Wilhelm schwieg, und dachte: das läßt sich in der Stube hinterm Ofen gut sagen.

Die mühselige Zeit des Handwerks dauerte vorjetzo nicht lange, denn vierzehn Tage vor Weihnachten kam ein Brief von Dorlingen aus der westfälischen Grafschaft Mark in Stillings Hause an. Es wohnte daselbst ein reicher Mann, namens Steifmann, welcher den jungen Stilling zum Hausinformator verlangte. Die Bedinge waren: daß Herr Steifmann von Neujahr an, bis nächste Ostern Unterweisung für seine Kinder verlangte; dafür gab er Stillingen Kost und Trank, Feuer und Licht; fünf Reichstaler Lohn bekam er auch, allein dafür mußte er von den benachbarten Bauern so viel Kinder in die

Lehre nehmen, als sie ihm schicken würden, das Schulgeld davon zog Steifmann; auf die Weise hatte er die Schule fast umsonst.

Die alte Margrethe, Wilhelm, Elisabeth, Mariechen und Henrich, beratschlagten sich hierauf über diesen Brief. Margrethe fing nach einiger Überlegung an: »Wilhelm, behalt den Jungen bei dir! denk einmal! ein Kind so weit in die Fremde zu schicken, ist kein Spaß, es gibt wohl hier in der Nähe Gelegenheit vor ihn.« »Das ist auch wahr!« sagte Mariechen, »mein Bruder Johann sagt oft: daß die Bauern daherum so grobe Leute wären, wer weiß, was sie mit dem guten Jungen anfangen werden, behalt ihn hier, Wilhelm!« Elisabeth gab auch ihre Stimme; sie hielte aber dafür: daß es besser sei, wenn sich Henrich etwas in der Welt versuchte; wenn sie zu befehlen hätte, so müßte er ziehen. Wilhelm schloß endlich, ohne zu sagen warum; wenn Henrich Lust zu gehen hätte, so wär' er es wohl zufrieden. »Ja wohl bin ich's zufrieden!« fiel er ein, »ich wollte, daß ich schon da wär'!« Margrethe und Mariechen wurden traurig, und schwiegen still. Der Brief wurde also von Wilhelmen beantwortet, und alles eingewilligt.

Dorlingen lag neun ganzer Stunden von Tiefenbach ab. Vielleicht war seit hundert Jahren niemand aus der Stillingschen Familie so weit fort gewandert, und so lang abwesend gewesen. Einige Tage vor Henrichs Abreise trauerten und weinten alle, nur er selber war innig froh. Wilhelm verbarg seinen Kummer soviel er konnte. Margrethe und Mariechen empfanden zu sehr, daß er Stilling war, deswegen weinten sie am meisten; welches in den blinden Staraugen der alten Großmutter erbärmlich aussahe.

Der letzte Morgen kam, alles versank in Wehmut. Wilhelm stellte sich hart gegen ihn; allein, der Abschied machte ihn nur desto weicher. Henrich vergoß auch viele Tränen, aber er lief, und wischte sie ab. Zu Lichthausen kehrte er bei seinem Ohm, Johann Stilling, ein, der ihm viel schöne Lehren gab. Nun kamen die Fuhrleute, die ihn mitnehmen sollten, und Henrich reiste freudig mit ihnen fort.

Die Gegenden, welche er in dieser Jahrszeit durchzureisen hatte, sahen recht melancholisch aus. Sie machten Eindrücke auf ihn, die ihn in eine gewisse Niedergeschlagenheit versetzten. Wenn Dorlingen in einer solchen Gegend liegt, dachte er immer, so wird mir's doch da nicht gefallen. Die Fuhrleute, mit denen er reiste, waren von daher zu Haus; er merkte oft, wie sie zusammen hinter ihm hergingen, und über ihn spotteten; denn weilen er nichts mit ihnen sprach, und vor die Zeit etwas blöd aussahe, so hielten sie ihn für einen Schafskopf, mit dem man machen könnte, was man wollte. Zuweilen zupfte ihn einer von hinten her, und wenn er dann umsahe, so stellten sie sich, als wenn sie wichtige Sachen unter sich auszumachen hätten. Dergleichen Behandlungen waren nun eben fähig seinen Zorn zu reizen; er litte das ein paarmal, endlich drehte er sich um, sahe sie scharf an, und sagte: »Hört Ihr Leute, ich bin und werde Euer Schulmeister zu Dorlingen, und wenn Eure Kinder so ungezogene Bengels sind, wie ich vermute, so werd ich Mittel wissen, ihnen andre Sitten beizubringen, das könnt Ihr ihnen sagen, wenn Ihr nach Haus kommt!« Die Fuhrleute sahen sich an, und bloß um ihrer Kinder willen ließen sie ihn zufrieden.

Des Abends spät um neun Uhr kam er zu Dorlingen an. Steifmann betrachtete ihn von Haupt bis zu Fuß, so auch seine Frau, Kinder und Gesinde. Man gab ihm zu essen, und darauf legte er sich schlafen. Als er des Morgens früh erwachte, erschrak er sehr, denn er sahe die Sonne, seinem Begriff nach, in Westen aufgehen, sie rückte gegen Norden in die Höhe, und ging des Abends in Osten unter. Das wollte ihm gar nicht in den Kopf; und doch hatte er so viel von der Astronomie und Geographie begriffen, daß er wohl wußte, die Zellberger und Tiefenbacher Sonne sei ebendieselbe, die auch zu Dorlingen leuchtete. Dieser seltsame Vorfall verrückte ihm sein Konzept, und jetzt wünschte er von Herzen, seines Ohmen Johanns Kompaß zu haben, um zu sehen, ob auch die Magnetnadel mit der Sonnen einig sei, ihn zu betrügen. Er erfand zwar endlich die Ursache dieser Erscheinung; er war den vorigen Abend spät angekommen, und hatte die allmähliche Krümmung des Tals nicht bemerkt. Allein, er konnte doch seine Einbildung nicht bemeistern, alle Aussichten in die rohe und öde Gegenden, kamen ihm auch aus diesem Grunde traurig und fatal vor.

Steifmann war reich, er hatte viel Geld, Güter, Ochsen, Kühe, Schafe, Ziegen und Schweine, dazu seine Stahlfabrik, worinnen Waren verfertiget wurden, mit denen er Handlung trieb. Er hatte jetzt nur erst die zweite Frau, hernach aber hat er die dritte, oder wohl gar die vierte, geheuratet; das Glück war ihm so günstig, daß er verschiedene Frauen nacheinander nehmen konnte, wenigstens schien ihm das Sterben und Wiedernehmen der Weiber eine besondere Belustigung zu sein. Die jetzige Frau war ein gutes Schaf, ihr Mann redete oft gar erbaulich mit ihr von den Tugenden seiner ersten Frauen, so, daß sie, aus großer Empfindung des Herzens, oft blutige Tränen weinte. Sonsten war er gar nicht zum Zorn aufgelegt; er redete nicht viel, was er aber sagte, das war von Gewicht und Nachdruck, weilen es gemeiniglich jemand der gegenwärtig war, beleidigte. Er ließ sich auch anfänglich mit seinem neuen Schulmeister in Gespräche ein, allein, er gefiel ihm nicht. Von allem, was Stilling gewohnt war zu reden, verstund er nicht ein Wort, ebensowenig, als Stilling begriffe wovon sein Patron redete. Daher schwiegen sie beide, wenn sie beisammen waren.

Des folgenden Montags morgens ging die Schule an; Steifmanns drei Knaben machten den Anfang. Vor und nach fanden sich bei achtzehn große vierschrötige Jungens ein, die sich gegen ihren Schulmeister verhielten wie so viel Patagonier gegen einen Franzosen. Zehn bis zwölf Mädchen von ebendem Schrot und Korn kamen auch, und setzten sich hinter den Tisch. Stilling wußte nicht recht, was er mit diesem Volk anfangen sollte, ihm war bang für so vielen wilden Gesichtern; doch versuchte er die gewöhnliche Schulmethode, und ließ sie beten, singen, lesen und den Katechismus lernen.

Dieses ging ungefähr vierzehn Tage seinen ordentlichen Gang; allein, nun war es auch geschehen, ein oder anderer kosakenähnlicher Junge versuchte es, den Schulmeister zu necken. Stilling brauchte den Stock rechtschaffen, aber mit so widrigem Erfolg: daß, wenn er sich müde auf dem starken Buckel zerdroschen hatte, der Schüler aus vollem Hals lachte, der Schulmeister aber weinte. Das war dann dem Herrn Steifmann so seine liebste Belustigung; wenn er in dem Schulstübchen Lärm hörte, so kam er, tat die Tür auf, und ergötzte sich von Herzen.

Dieses Verfahren gab Stillingen den letzten Stoß. Seine Schule wurde zum polnischen Reichstag, wo ein jeder tat, was ihn recht dauchte. So wie nun der arme Schulmeister in der Schule alles gebrannte Herzeleid ausstund, so hatte er auch außer derselben keine frohe Stunde. Bücher fand er wenig, nur eine große Baseler Bibel, deren Holzschnitte er durch und durch wohl studierte, auch wohl darinnen lase, wiewohl er sie oft durchgelesen hatte. »Zions Lehr und Wunder« von Doktor Mel, nebst noch einigen alten Postillen und Gesangbüchern, stunden auf der Kleiderkammer auf einem Brett in guter Ruhe, und waren wohl, seitdem sie Herr Steifmann geerbt hatte, wenig gebraucht worden. In dem Hause selbsten war ihm niemand hold, alle sahen ihn für einen einfältigen dummen Knaben an; denn ihre niederträchtige, ironisch-zotichte und zweideutige Reden verstund er nicht, er antwortete immer gutherzig, wie er's meinte nach dem Sinn der Worte, suchte überhaupt einen jeden mit Liebe zu gewinnen, und dieses war eben der gerade Weg eines jeden Schuhputzer zu werden.

Doch trug sich einsmalen etwas zu, das ihn leicht das Leben hätte kosten können, wenn ihn der gütige Vater der Menschen nicht sonderlich bewahrt hätte. Er mußte sich des Morgens selbsten Feuer in den Ofen machen; als er nun einmal kein Holz fand, so wollte er sich etwas holen; nun war über der Küchen her eine Rauchkammer, wo man das Fleisch räucherte, und zugleich das Holz trocknete. Die Dreschtenne stieß an die Küche, und von dieser Tenne ging eine Treppe nach der Rauchkammer. Es waren just sechs Taglöhner am Dreschen. Henrich lief die Treppe hinauf, machte die Tür auf, aus welcher der Rauch, wie eine dicke Wolke, herauszog; er ließ die Tür offen, tat einen Sprung nach dem Holz, griff etliche Stücke, indessen wirbelte einer von den Dreschern auswendig die Tür zu. Der arme Stilling geriet in Todesangst, der Rauch erstickte ihn, es war stockfinster da, er wurde irre, und wußte nicht mehr, wo die Tür war. In diesem erschrecklichen Zustand tat er einen Sprung gegen die Wand, und traf just gerade gegen die Tür, dergestalt, daß der Wirbel zerbrach, und die Tür aufsprung. Stilling stürzte die Treppe herunter, bis auf die Tenne, wo er betäubt und sinnlos hingestreckt lag. Als er wieder zu sich selbst kam, sahe er die Drescher nebst Herrn Steifmann um sich stehen, und aus vollem Halse lachen. »Des sollte doch der T.... nicht lachen!« sagte Steifmann. Dieses ging Stillingen durch die Seele. »Ja!« antwortete er, »der lacht würklich, daß er endlich einmal seinesgleichen gefunden hat.« Das gefiel seinem Patron außerordentlich, und er pflegte wohl zu sagen: das sei das erste und auch das letzte gescheute Wort gewesen, das er von seinem Schulmeister gehört habe.

Das beste indessen bei der Sache war, daß Stilling keinen Schaden genommen hatte; er überließ sich gänzlich der Wehmut, weinte sich die Augen rot, und erlangte weiter nichts dadurch, als Spott. So traurig ging seine Zeit vorüber, und seine Wonne am Schulhalten wurde ihm häßlich versalzen.

Sein Vater Wilhelm Stilling war indessen zu Haus mit angenehmern Sachen beschäftiget. Die Wunde über Dortchens Tod war heil, er erinnerte sich allezeit mit Zärtlichkeit an sie; allein, er trauerte nicht mehr, sie war nun vierzehn Jahr tot, und seine strenge mystische Denkungsart milderte sich insoweit, daß er jetzt mit allen Menschen Umgang pfloge, doch war alles mit freundlichem Ernst, Gottesfurcht, und Rechtschaffenheit vermischt, so, daß er Vater Stilling ähnlicher wurde, als eins seiner Kinder. Er wünschte nun auch einmal Hausvater zu werden, eigenes Haus und Hof zu haben, und den Ackerbau neben seinem Handwerk zu treiben; deswegen suchte er sich jetzt eine Frau, die neben den nötigen Eigenschaften, Leibes und der Seelen, auch Haus und Güter hätte; er fand bald was er suchte. Zu Leindorf, zwo Stunden von Tiefenbach westwärts, war eine Witwe von achtundzwanzig Jahren, eine ansehnliche brave Frau; sie hatte zwei Kinder aus der ersten Ehe, wovon aber eins bald nach ihrer Hochzeit starb. Diese war recht froh, als sie Wilhelm begehrte, ob er gleich gebrechliche Füße hatte. Die Heurat wurde geschlossen, der Hochzeitstag bestimmt, und Henrich bekam einen Brief nach Dorlingen, der in den wärmsten und zärtlichsten Ausdrücken, deren sich nur ein Vater gegen seinen Sohn bedienen kann, die ganze Sache bekannt machte, und ihn auf den bestimmten Tag zur Hochzeit einlud. Henrich las diesen Brief, legte ihn hin, stund und bedachte sich, er mußte sich erst tief prüfen, ehe er finden konnte, ob ihm wohl oder weh dabei ward; so ganz verschiedene Empfindungen stiegen in seinem Gemüt auf. Endlich schritte er ein paarmal vor sich hin, und sagte zu sich selbst: »Meine Mutter ist im Himmel, mag diese einsweilen in diesem Jammertal bei mir und meinem Vater ihre Stelle vertreten. Dereinsten werd ich doch diese verlassen, und jene suchen. Mein Vater tut wohl! – Ich will sie doch recht liebhaben, und ihr allen Willen tun, so gut ich kann, so wird sie mich wieder lieben, und ich werde Freude haben.«

Nun machte er Steifmann die Sache bekannt, forderte etwas Geld, und reiste nach Tiefenbach zurück. Er wurde daselbst von allen mit tausend Freuden empfangen, besonders von Wilhelmen, dieser hatte ein wenig gezweifelt, ob sein Sohn auch wohl murren würde; da er ihn aber so heiter kommen sah, flossen ihm die Tränen aus den Augen, er sprung auf ihn zu, und sagte:

»Willkommen, Henrich!«

»Willkommen, Vater! ich wünsche Euch von Herzen Glück zu Eurem Vorhaben, und ich freue mich sehr, daß Ihr nun in Eurem Alter Trost haben könnt, wenn's Gott gefällt.«

Wilhelm sunk auf einen Stuhl, hielt beide Hände vors Gesicht und weinte. Henrich weinte auch. Endlich fing Wilhelm an: »Du weißt, ich hab mir in meinem Witwerstand fünfhundert Reichstaler erspart; ich bin nun vierzig Jahr' alt, und ich hätte vielleicht noch vieles ersparen können, dieses alles entgeht dir nun; du wärst doch der einzige Erbe davon gewesen!«

»Vater, ich kann sterben, Ihr könnt sterben, wir beide können noch lange leben, Ihr könnt kränklich werden, und mit Eurem Geld nicht einmal auskommen. Aber, Vater! ist meine neue Mutter, meiner seligen Mutter ähnlich?«

Wilhelm hielt wiederum die Hände vor die Augen. »Nein!« sagte er, »aber sie ist eine brave Frau.«

»Auch gut«, sagte Henrich, und stund ans Fenster, um noch einmal seine alte romantische Gegenden zu schauen. Es lag kein Schnee. Die Aussicht in den nahen Wald kam ihm so angenehm vor, ob es gleich in den letzten Tagen des Februars war, daß er beschloß hin zu spazieren; er ging den Hof hinauf, und in den Wald hinein. Nachdem er eine Weile umhergewandelt, und sich ziemlich von den Häusern entfernt hatte, wurde es ihm so wohl in seiner Seelen, er vergaß der ganzen Welt, und wandelte in Gedanken vertieft, vor sich hin; indessen kam er unvermerkt an die Westseite des Geisenberger Schlosses. Schon sah er zwischen den Stämmen der Bäume durch, auf dem Hügel die zerfallene Mauern liegen. Das überraschte ihn ein wenig. Nun rauschte etwas zur Seiten im Gesträuche, er schaute hin, und sahe ein anmutiges Weibsbild stehen, blaß, aber zärtlich im Gesicht, in Leinen und Baumwolle gekleidet. Er schauderte, und das Herz klopfte ihm, da es aber noch früh am Tage war, so furchte er sich nicht; sondern fragte: »Wo seid Ihr her?« Sie antwortete: »Von Tiefenbach.« Das kam ihm fremd vor, denn er kannte sie nicht. »Wie heißt Ihr denn?« – »Dortchen.« Stilling tat einen hellen Schrei, und sank zur Erden in Ohnmacht. Das gute Mädchen wußte nicht, wie ihr geschah; sie kannte den jungen Burschen auch nicht. Denn sie war erst als Magd auf Neujahr nach Tiefenbach gekommen. Sie lief bei ihn, kniete bei ihn auf die Erde und weinte.

Sie verwunderte sich sehr über den jungen Menschen, besonders, daß er so weiche Hände, und ein so weißes Gesicht hatte; auch waren seine Kleider reiner und sauberer, auch wohl ein wenig besser, als der andern Burschen ihre. Der Fremde gefiel ihr. Indessen kam Stilling wieder zu sich selber, er sahe die Weibsperson nahe bei sich, er richtete sich auf, sah sie starr an, und fragte zärtlich: »Was macht Ihr hier?« Sie antwortete sehr freundlich: »Ich will dürres Holz lesen. Wo seid Ihr her?« Er erwiderte: »Ich bin auch von Tiefenbach, Wilhelm Stillings Sohn.« Nun hörte er, daß sie seit Neujahr erst Magd daselbst war; und sie hörte seine Umstände, es tat beiden leid, daß sie sich verlassen mußten. Stilling spazierte nach dem Schloß, und sie lase Holz. Es hat wohl zwei Jahr' gedauert, eh' das Bild dieses Mädchens in seinem Herzen verlosch, so fest hatte es sich seiner Seelen eingepräget. Als die Sonne sich zum Untergang neigte, ging er wieder nach Haus; er erzählte aber nichts von dem, was vorgefallen war, nicht so sehr aus Verschwiegenheit, sondern aus andern Ursachen.

Des andern Tages ging er mit seinem Vater, und andern Freunden nach Leindorf zur Hochzeit; seine Stiefmutter empfing ihn mit aller Zärtlichkeit, er gewann sie lieb, und sie liebte ihn wieder; Wilhelm freute sich dessen von Herzen. Nun erzählte er auch seinen Eltern, wie betrübt es ihm zu Dorlingen ginge. Die Mutter riete, er sollte zu Haus bleiben, und nicht wieder hingehen; allein Wilhelm sagte: »Wir haben noch immer Wort gehalten, es darf an dir nicht fehlen; tun's andre Leute nicht, so müssen sie's verantworten; du mußt aber deine Zeit aushalten.« Dieses war Stillingen auch nicht sehr zuwider. Des andern Morgens reiste er wieder nach Dorlingen. Allein, seine Schüler kamen nicht wieder; das Frühjahr rückte heran, und ein jeder begab sich aufs Feld. Da er nun nichts zu tun hatte, so wies man ihm verächtliche Dienste an, so, daß ihm sein tägliches Brot recht sauer wurde.

Noch vor Ostern, ehe er abreiste, hatten Steifmanns Knechte beschlossen, ihn recht trunken zu machen, um so recht ihre Freude an ihm zu haben. Als sie des Sonntags aus der Kirche kamen, sagte einer zum andern: »Laßt uns ein wenig wärmen ehe wir uns auf den Weg begeben«, denn es war kalt, und sie hatten eine Stunde zu gehen. Nun war Stilling gewohnt, in Gesellschaft nach Haus zu gehen; er trat deswegen mit hinein, und setzte sich bei dem Ofen.

Nun ging's ans Branntweintrinken, der mit einem Sirup versüßt war; der Schulmeister mußte mittrinken; er merkte bald, wo das hinaus wollte, daher nahm er den Mund voll, spie ihn aber unvermerkt wieder aus, unter den Ofen ins Steinkohlengefäß. Die Knechte bekamen also zuerst einen Rausch, und nun merkten sie nicht mehr auf den Schulmeister, sondern sie betrunken sich selbsten aufs beste; unter diesen Umständen suchten sie endlich Ursache an Stilling, um ihn zu schlagen, und kaum entkam er aus ihren Händen. Er bezahlte seinen Anteil an der Zeche, und ging heimlich fort. Als er nach Haus kam, erzählte er Herrn Steifmann den Vorfall; allein der lachte darüber. Man sah ihm an, daß er den mißlungenen Anschlag bedauerte. Die Knechte wurden nun vollends wütend, und suchten allerhand Gelegenheit, ihm eins zu versetzen; allein Gott bewahrte ihn. Noch zween Tage vor seiner Abreise traf ihn ein Bauernsohn aus dem Dorf auf dem Feld; er war mit bei der Branntweinszeche gewesen, dieser griff ihn am Kopf und runge mit ihm, ihn zur Erde zu werfen; es war aber zu gutem Glück ein alter Greis nahe dabei im Hof, dieser kam herzu, und fragte: was ihm der Schulmeister getan habe? Der Bursche antwortete: »Er hat mir nichts getan, ich will ihm nur ein paar um die Ohren geben.« Der alte Bauer aber griff ihn, und sagte gegen Stilling: »Geh du nach Haus!« und darauf gab er ihm einige derbe Maulschellen, und versetzte: »Nun geh du auch zu Haus, das hab ich nur so vor Spaß getan.«

Den zweiten Ostertag nahm Stilling seinen Abschied zu Dorlingen, und des Abends kam er wiederum bei seinen Eltern zu Leindorf an.

Nun war er insoweit wiederum in seinem Element, er mußte freilich wacker auf dem Handwerk arbeiten; allein, er wußte doch nun wieder Gelegenheit an Bücher zu kommen. Den ersten Sonntag ging er nach Zellberg und holte den Homer, und wo er sonst etwas wußte, das nach seinem Geschmack schön zu lesen war, das holte er herbei, so daß in kurzem das Brett über den Fenstern her, wo sonsten allerhand Geräte gestanden hatte, ganz voll Bücher stund. Wilhelm war dessen so gewohnt, er sah es gern; allein, der Mutter waren sie zuweilen im Wege, so, daß sie fragte: »Henrich, was willst du mit allen den Büchern machen?« Er lase also des Sonntags, und während dem Essen; seine Mutter schüttelte dann oft den Kopf und sagte: »Das ist doch ein wunderlicher Junge!« – Wilhelm lächelte dann so, auf Stillings Weise, und sagte: »Gretchen laß ihn halt machen!« –

Nach einigen Wochen fing nun die schwerste Feldarbeit an. Wilhelm mußte darin seinen Sohn auch brauchen, wenn er keinen Taglöhner an seine Stelle nehmen wollte, und damit würde die Mutter nicht zufrieden gewesen sein; allein, dieser Zeitpunkt war der Anfang von Stillings schwerem Leiden; er war zwar ordentlich groß und stark, aber von Jugend auf nicht dazu gewöhnt, und er hatte kein Glied an sich, das zu dergleichen Geschäften gemacht war. Sobald er anfing zu hacken oder zu mähen, so zogen sich alle seine Glieder an dem Werkzeug, als wenn sie hätten zerbrechen wollen; er meinte oft vor Müdigkeit und Schmerzen niederzusinken, aber da half alles nichts; Wilhelm fürchtete Verdruß im Hause, und seine Frau glaubte immer, Henrich würde sich vor und nach daran gewöhnen. Diese Lebensart wurde ihm endlich unerträglich; er freute sich nunmehr, wenn er zuweilen an einem regnichten Tage am Handwerk sitzen, und seine zerknirschten Glieder erquicken konnte; er seufzte unter diesem Joch, ging oft allein, weinte die bitterste Tränen, und flehte zum himmlischen Vater um Erbarmung, und um Änderung seines Zustandes.

Wilhelm litt heimlich mit ihm. Wenn er des Abends mit geschwollenen Händen voller Blasen, nach Haus kam, und von Müdigkeit zitterte, so seufzte sein Vater, und beide sehnten sich mit Schmerzen wieder nach einem Schuldienst. Dieser fand sich auch endlich nach einem sehr schweren und mühseligen Sommer, ein. Die Leindorfer, wo Wilhelm wohnte, beriefen ihn auf Michaelis 1756 zu ihrem Schulmeister. Stilling willigte in diesen Beruf mit Freuden; er war nun glückselig, und trat mit seinem siebenzehnten Jahr dieses Amt wieder an. Er speiste bei seinen Bauern um die Reihe, vor und nach der Schule aber, mußte er seinem Vater am Handwerk helfen. Auf diese Weise blieb ihm keine Zeit zum Studieren übrig, als nur, wenn er auf der Schule war; und da war der Ort nicht, um selber zu lesen, sondern andre zu unterrichten. Doch stahl er manche Stunde, die er auf die Mathematik, und andere Künsteleien verwandte. Wilhelm merkte das, er stellte ihn darüber zur Rede, und schärfte ihm das Gewissen. Stilling antwortete mit betrübtem Herzen: »Vater! meine ganze Seele ist auf die Bücher gerichtet, ich kann meine Neigung nicht bändigen, gebt mir vor und nach der Schule Zeit, so will ich kein Buch auf die Schule bringen.«

Wilhelm erwiderte: »Das ist doch zu beklagen! alles, was du lernst, bringt dir ja kein Brot und Kleider ein, und alles, was dich ernähren könnte, dazu bist du ungeschickt.« Stilling betrauerte selber seinen Zustand, denn das Schulhalten war ihm auch zur Last, wenn er dabei keine Zeit zum Lesen hatte; er sehnte sich derowegen von seinem Vater ab, und an einen andern Ort zu kommen.

Zu Leindorf waren indessen die Leute ziemlich mit ihm zufrieden, obgleich ihre Kinder in der Zeit mehr hätten lernen können; denn sein Wesen und sein Umgang mit den Kindern gefiel ihnen. Auch der Herr Pastor Dahlheim, zu dessen Kirchspiel Leindorf gehörte, ein Mann, der seinem Amt Ehre machte, liebte ihn. Stilling wunderte sich über die Maßen, als er das erstemal bei diesem vortrefflichen Mann auf sein Zimmer kam; er war ein Greis von achtzig Jahren, und lag just auf einem Ruhebettchen, als er zur Tür hereintrat; er sprung auf, bot ihm die Hand, und sagte: »Nehmt mir nicht übel, Schulmeister! daß Ihr mich auf dem Bette findet, ich bin alt und meine Kräfte wanken.« Stilling wurde von Ehrfurcht durchdrungen, ihm flossen die Tränen die Wangen herab. »Herr Pastor!« antwortete er, »es freut mich recht sehr, unter Ihrer Aufsicht Schule zu halten! Gott gebe Ihnen viel Freude und Segen in Ihrem Alter!« »Ich danke Euch, lieber Schulmeister!« erwiderte der edle Alte, »ich bin, Gott sei Dank! nahe an dem Ziel meiner Laufbahn, und ich freue mich recht auf meinen großen Sabbat.« Stilling ging nach Hause, und unterwegens machte er die besondere Anmerkung: Herr Dahlheim müßte entweder ein Apostel, oder Herr Stollbein ein Baalspfaffe sein.

Herr Dahlheim besuchte zuweilen die Leindorfer Schule, wenn er auch dann eben nicht alles in gehöriger Ordnung fande, so fuhr er nicht aus, wie Herr Stollbein, sondern er ermahnte Stillingen ganz liebreich, dieses oder jenes abzuändern; und das tat bei einem so empfindsamen Gemüt immer die beste Wirkung. Diese Behandlung des Herrn Pastors war würklich zu bewundern, denn er war ein gähzorniger hitziger Mann, aber nur gegen die Laster, nicht gegen die Fehler; dabei war er auch gar nicht herrschsüchtig. Um den Charakter dieses Mannes meinen Lesern zu schildern, will ich eine Geschichte erzählen, die sich mit ihm zugetragen hat, als er noch Hofprediger bei einem Fürsten zu R... gewesen war. Dieser Fürst hatte eine vortreffliche Gemahlin, und mit derselben auch verschiedene Prinzessinnen, dennoch verliebte er sich in eine Bürgerstochter in seiner Residenzstadt, bei welcher er, seiner Gemahlin zum höchsten Leidwesen, ganze Nächte zubrachte. Dahlheim konnte das ungeahndet nicht hingehen lassen; er fing auf der Kanzel an, unvermerkt dagegen zu predigen, doch fühlte der Fürst wohl wohin der Hofprediger zielte, daher blieb er aus der Kirchen, und fuhr während der Zeit auf sein Lusthaus in den Tiergarten. Einsmals kam Dahlheim und wollte in die Kirche gehen zu predigen, er traf den Fürsten just auf dem Platz, als er in die Kutsche steigen wollte; der Hofprediger trat herzu, und fragte: »Wo gedenken Eure Durchlaucht hin?« »Was liegt dir Pfaff daran?« war die Antwort. »Sehr viel!« versetzte Dahlheim, und ging in die Kirche, allwo er mit trocknen Worten, gegen die Ausschweifungen der Großen dieser Welt anging, und ein Weh über das andre gegen sie ausrief. Nun war die Fürstin in der Kirche, sie ließ ihn zur Mittagstafel bitten, er kam, und sie bedauerte seine Freimütigkeit, und befürchtete üble Folgen. Indessen kam der Fürst wieder, fuhr aber auch alsofort wieder in die Stadt zu seiner Mätresse, welche zum Unglück auch in der Hofkapelle gewesen war, und Herrn Dahlheim gehöret hatte. Sowohl der Hofprediger, als auch die Fürstin, hatten sie gesehen, sie konnten leicht das Gewitter voraussehen, welches Herrn Dahlheim über dem Haupt schwebte; dieser aber kehrte sich an nichts, sondern sagte der Fürstin, daß er alsofort hingehen und dem Fürsten die Wahrheit ins Gesicht sagen wollte, er ließ sich auch gar nicht warnen, sondern ging alsofort hin, und gerade zum Fürsten ins Zimmer. Als er hineintrat, stutzte derselbige, und fragte: »Was habt Ihr hier zu machen?« Dahlheim antwortete: »Ich bin gekommen, Ew. Durchlaucht Segen und Fluch vorzulegen, werden Dieselben diesem ungeziemenden Leben nicht absagen, so wird der Fluch Dero hohes Haus und Familie treffen, und Stadt und Land werden Fremde erben.« Darauf ging er fort, und des folgenden Tages wurde er abgesetzt und des Landes verwiesen. Doch hatte der Fürst hiebei keine Ruhe, denn nach zweien Jahren rief er ihn mit Ehren wieder zurück, und gab ihm die beste Pfarre, die er in seinem Lande hatte. Dahlheims Weissagung wurde indessen erfüllt. Schon vor mehr als vierzig Jahren ist kein Zweig mehr von diesem fürstlichen Hause übrig gewesen. Doch ich kehre wieder zu meiner Geschichte.

Stilling konnte mit aller seiner Gutherzigkeit doch nicht verhüten, daß sich nicht Leute fanden, denen er zu viel auf der Schule in Büchern lase, es gab ein Gemurmel im Dorf, und viele vermuteten, daß die Kinder versäumt wurden. Ganz unrecht hatten die Leute wohl nicht, aber doch auch nicht ganz recht; denn er sorgte noch so ziemlich, daß auch der Zweck, warum er da war, erreicht wurde. Es kam freilich den Bauern seltsam vor, so unerhörte Figuren an den Schulfenstern zu sehen, wie seine Sonnenuhren waren. Oftmalen stunden zween oder mehrere auf der Straßen still, und sahen ihn im Fenster durch ein Gläschen nach der Sonne gucken; da sagte dann der eine: »Der Kerl ist nicht gescheut!« – Der andere vermutete: er betrachte den Himmelslauf, und beide irrten sehr, es waren nur Stücke zerbrochener Füße von Branntweinsgläsern. Diese hielte er vors Auge, und betrachtete gegen die Sonne die herrlichen Farben in ihren mancherlei Gestalten, welches ihn, nicht ohne Ursache, königlich ergötzte.

Dieses Jahr ging nun wiederum so seinen Gang fort; Handwerksgeschäfte, Schulhalten, und verstohlne Lesestunden, hatten darinnen beständig abgewechselt, bis er, kurz vor Michaelis, da er eben sein achtzehntes Jahr angetreten hatte, einen Brief vom Herrn Pastor Goldmann empfing, der ihm eine schöne Schule an einer Kapelle zu Preisingen antrug. Dieses Dorf liegt zwo Stunden südwärts von Leindorf ab, in einem herrlichen breiten Tal. Stilling wurde über diesen Beruf so entzückt, daß er sich nicht zu lassen wußte; sein Vater und seine Mutter selber freuten sich über die Maßen. Stilling dankte Herrn Goldmann schriftlich für diese vortreffliche Rekommendation, und versprach ihm Freude zu machen.

Dieser Prediger war ein weitläuftiger Anverwandter des seligen Dortchens, mithin auch des jungen Stillings. Diese Ursache nebst dem allgemeinen Ruf von seinen seltnen Gaben, hatten den braven Pastor Goldmann bewogen, ihn der Preisinger Gemeinde vorzuschlagen. Er wanderte also auf Michaelis nach seiner neuen Bestimmung. Sowie er auf die Höhe kam, und das herrliche Tal vor sich sahe, mit seinen breiten und grünen Wiesen, gegenüber ein schönes grünes Gebirge von lauter Wäldern und Feldern. Mitten in der Ebene lag das Dorf Preisingen rund und gedrang zusammen, die grüne Obstbäume, und die weiße Häuser dazwischen, machten ein anmutiges Ansehen. Gerad in der Mitten ragte der Kapellenturn mit blauen Schiefersteinen gedeckt und bekleidet, über alles empor, und hinter dem Dorf her, schimmerte das Flüßchen Sal im Glanz der Sonne. So brach er in Tränen aus, setzte sich eine Weile auf die Rasen nieder, und ergötzte sich an der herrlichen Aussicht. Hier fing er zuerst an, ein Lied zu versuchen, es gelung ihm auch so ziemlich, denn er hatte eine natürliche Anlage dazu. Ich habe es unter seinen Papieren nachgesucht, aber nicht finden können.

Hier nahm er sich nun fest und unwiderruflich vor, Fleiß und Eifer auf die Schule zu verwenden, die übrige Zeit aber in seinem mathematischen Studium fortzufahren. Als er diesen Bund mit sich selber geschlossen hatte, so stund er auf, und wanderte vollends nach Preisingen hin.

Seine Wohnung wurde ihm bei einer reichen, vornehmen und dabei über die Maßen dicken Witwe, angewiesen, die sich Frau Schmoll nannte, und zwo schöne sittsame Töchter hatte, wovon die älteste Maria hieß, und zwanzig Jahr' alt war; die andre aber hieß Anna, und war achtzehn Jahr' alt. Beide Mädchen waren recht gute Kinder, so wie auch ihre Mutter. Sie lebten zusammen, wie die Engel, in der edelsten Harmonie, und sozusagen, in einem Überfluß von Freuden und Vergnügen, denn es fehlte ihnen nichts, und das wußten sie auch zu nutzen, daher brachten sie ihre Zeit, nebst den Hausgeschäften, mit Singen und allerhand erlaubten Ergötzlichkeiten zu. Stilling liebte zwar das Vergnügen, allein, die Untätigkeit des menschlichen Geistes war ihm zuwider, daher konnte er nicht begreifen, daß die Leute keine Langeweile hatten. Doch befand er sich unvergleichlich in ihrer Gesellschaft; wenn er sich zuweilen in Betrachtungen und Geschäften ermüdet hatte, so war es eine süße Erholung für ihn, mit ihnen umgehen.

Stilling hatte noch an keine Frauenliebe gedacht; diese Leidenschaft und das Heuraten war in seinen Augen eins, und jedes ohne das andre ein Greuel. Da er nun gewiß wußte, daß er keine von den Jungfern Schmoll heuraten konnte, indem keine, weder einen Schneider, noch einen Schulmeister nehmen durfte, so unterdrückte er jeden Keim der Liebe, der so oft, besonders zu Maria, in seinem Herzen aufblühen wollte. Doch, was sage ich vom Unterdrücken! wer vermag das aus eigner Kraft? – Stillings Engel, der ihn leitete, kehrte die Pfeile von ihm ab, die auf ihn geschossen wurden. Die beiden Schwestern dachten indessen ganz anders; der Schulmeister gefiel ihnen im Herzen, er war in seiner ersten Blüte, voller Feuer und Empfindung; denn ob er gleich ernst und still war, so gab es doch Augenblicke, wo sein Licht aus allen Winkeln des Herzens hervorglänzte; dann breitete sich sein Geist aus, er floß über von mitteilender heiterer Freude, und dann war's gut sein in seiner Gegenwart. Aber es gibt der Geister wenig, die da mitempfinden können; es ist so etwas Geistiges und Erhabenes, von roher lärmender Freude so Entferntes, daß die wenigsten begreifen werden, was ich hier sagen will. Frau Schmoll und ihre Töchter indessen fühlten's, und empfanden's in aller seiner Kraft. Andre Leute, von gemeinem Schlag, saßen dann oft und horchten; der eine rief: »Paule, du rasest!« der andere saß und staunte, und der dritte glaubte: er sei nicht recht gescheut. Die beiden Mädchen ruhten dann dort in einem dunklen Winkel, um ihn ungestört beobachten zu können, sie schwiegen und hefteten ihre Augen auf ihn. Stilling merkte das mit tiefem Mitleiden; allein, er war fest entschlossen, keinen Anlaß zu mehrerem Ausbruch der Liebe zu geben. Sie waren beide sittsam und blöde, und deswegen weit davon entfernt, sich an ihn zu entdecken. Frau Schmoll saß dann, spielte mit ihrer schwarzen papiernen Schnupftabaksdose auf dem Schoß, und dachte nach, unter welche Sorte Menschen der Schulmeister wohl eigentlich gehören möchte; fromm und brav war er in ihren Augen, und recht gottesfürchtig dazu; allein, da er von allem redete, nur nicht von Sachen, womit Brot zu verdienen war, so sagte sie oft, wenn er zur Tür hinausging: »Der arme Schelm, was will noch aus ihm werden!« »Das kann man nicht wissen«, versetzte denn wohl Maria zuweilen, »ich glaube: er wird noch ein vornehmer Mann in der Welt.« Die Mutter lachte, und erwiderte oft: »Gott laß es ihm wohl gehen! er ist ein recht lieber Bursche«; auf einmal wurden ihre Töchter lebendig.

Ich darf behaupten, daß Stilling die Preisinger Schule nach Pflicht und Ordnung bediente; er suchte nun, bei reiferen Jahren und Einsichten, seinen Ruhm in Unterweisung der Jugend zu befestigen. Allein, es war schade, daß es nicht aus natürlicher Neigung herfloß. Wenn er ebensowohl nur acht Stunden des Tages zum Schneiderhandwerk, als zum Schulamt, hätte verwenden dürfen, so wär' er gewiß noch lieber am Handwerk geblieben; denn das war für ihn ruhiger, und nicht so vieler Verantwortung unterworfen. Um sich nun die Schule angenehmer zu machen, erdachte er allerhand Mittel, wie er mit leichterer Mühe die Schüler zum Lernen aufmuntern möchte. Er führte eine Rangordnung ein, die sich auf die größere Geschicklichkeit bezog; er erfand allerhand Wettspiele im Schreiben, Lesen und Buchstabieren; und da er ein großer Liebhaber vom Singen und der Musik war, so suchte er schöne geistliche Lieder zusammen, lernte selber die Musiknoten mit leichter Mühe, und führte das vierstimmige Singen ein. Dadurch wurde nun ganz Preisingen voller Leben und Gesang. Des Abends vor dem Essen hielt er eine Rechenstunde, und nach demselben eine Singstunde. Wenn dann der Mond so still und feierlich durch die Bäume schimmerte, und die Sterne vom blauen Himmel herunteräugelten, so ging er mit seinen Sängern heraus an den Preisinger Hügel, da setzten sie sich ins Dunkel, und sungen, daß es durch Berg und Tal erscholl; dann gingen Mann, Weib und Kinder im Dorf vor die Tür stehen, und horchten; sie segneten ihren Schulmeister, gingen dann hinein, gaben sich die Hand, und legten sich schlafen. Oft kam er mit seinem Gefolge hinter Schmolls Haus in den Baumhof, und dann sungen sie sanft und still: entweder »O du süße Lust!« oder »Jesus ist mein Freudenlicht!« oder »Die Nacht ist vor der Tür!« und was dergleichen schöne Lieder mehr waren; dann gingen die Mädchen ohne Licht oben auf ihre Kammer, setzten sich hin und versunken in Empfindung. Oft fand er sie noch so sitzen, wenn er nach Hause kam und schlafen gehen wollte; denn alle Kammern im Hause waren gemeinschaftlich, der Schulmeister hatte überall freien Zutritt. Niemand war weniger sorgfältig für ihre Töchter, als Frau Schmoll; und sie war glückselig, daß sie es auch nicht nötig hatte. Wenn er dann Maria oder Anna so in einem finstern Winkel mit geschlossenen Augen fand, so ging's ihm durchs Herz, er faßte sie an der Hand, und sagte: »Wie ist's dir, Maria?« Sie seufzte dann tief, drückte ihm die Hand, und sagte: »Mir ist's wohl von Eurem Singen!« Dann erwiderte er oft: »Laßt uns fromm sein, liebe Mädchen! im Himmel wollen wir erst recht singen«; und dann ging er flüchtig fort, und legte sich schlafen; er fühlte wohl oft das Herz pochen, aber er hatte nicht acht darauf. Ob die Mädchen mit dem Trost auf jene Welt, so völlig zufrieden gewesen, das läßt sich nicht wohl ausmachen, weil sie sich nie darüber erklärt haben.

Des Morgens vor der Schule, und des Mittags vor und nach derselben, durcharbeitete er die Geographie, und Wolffs Anfangsgründe der Mathematik ganz; auch fand er Gelegenheit, seine Kenntnisse in der Sonnenuhrkunst noch höher zu treiben, denn er hatte auf der Schule, deren Fenster eins gerade gegen Mittag stund, oben unter der Decke mit schwarzer Ölfarbe eine Sonnenuhr gemalt, so groß als die Decke war, in dieselbe hatte er die zwölf himmlische Zeichen genau eingetragen, und jedes in seine dreißig Grad eingeteilt; oben im Zenit der Uhr, oberhalb dem Fenster, stund mit römischen zierlich gemalten Buchstaben geschrieben: Coeli enarrant gloriam Dei. (Die Himmel erzählen die Ehre Gottes.) Vor dem Fenster war ein runder Spiegel befestigt, über welchen eine Kreuzlinie mit Ölfarbe gezogen war; dieser Spiegel strahlte dann oben unter, und zeigte nicht allein die Stunden des Tages, sondern auch ganz genau den Stand der Sonne in dem Tierkreis. Vielleicht steht diese Uhr noch da, und jeder Schulmeister kann sie nutzen, und dabei wahrnehmen, was für einen Antezessor er ehmals gehabt habe.

Um diese Zeit hatte er im historischen Fach noch nichts gelesen als Kirchenhistorie, Martergeschichten, Lebensbeschreibungen frommer Menschen, desgleichen auch alte Kriegshistorien vom dreißigjährigen Krieg und dergleichen. Im Poetischen fehlt's ihm noch; da war er noch immer nicht weiter gekommen, als vom Eulenspiegel bis auf den Kaiser Oktavianus, den Reinicke Fuchs mit eingeschlossen. Alle diese vortreffliche Werke der alten Teutschen hatte er wohl hundertmal gelesen, und wieder andern erzählt; er sehnte sich nun nach neueren. Den Homer rechnete er nicht zu dieser Lektüre, es war ihm um vaterländische Dichter zu tun. Stilling fand was er suchte. Herr Pastor Goldmann hatte einen Eidam, der ein Chirurgus und zugleich Apotheker war; dieser Mann hatte einen Vorrat von schönen poetischen Schriften, besonders aber von Romanen; er lehnte sie dem Schulmeister gern, und das erste Buch, welches er mit nach Hause nahm, war die »Asiatische Banise«.

Dieses Buch fing er an einem Sonntag nachmittag an zu lesen. Die Schreibart war ihm neu und fremd. Er glaubte in ein fremdes Land gekommen zu sein, und eine neue Sprache zu hören, aber sie entzückte und rührte ihn bis auf den Grund seines Herzens. Blitz, Donner und Hagel, als die rächenden Werkzeuge des gerechten Himmels – war ein Ausdruck für ihn, dessen Schönheit er nicht genug zu rühmen wußte. Goldbedeckte Türme – welche herrliche Kürze! und so bewunderte er das ganze Buch durch, die Menge von Metaphern, in welchen der Stil des Herrn von Ziegler gleichsam schwomme. Über alles aber schien ihm der Plan dieses Romans ein Meisterstück der Erdichtung zu sein, und der Verfasser desselben war in seinen Augen der größte Poet, den jemals Teutschland hervorgebracht hatte. Als er im Lesen dahin kam, wo Balacin seine Banise im Tempel errettet, und den Chaumigrem ermordet, so überlief ihn der Schauer der Empfindung dergestalt, daß er fortlief, in einen geheimen Winkel niederkniete, und Gott dankte, daß Er doch endlich den Gottlosen ihren Lohn auf ihr Haupt bezahle, und die Unschuld auf den Thron setze. Er vergoß milde Tränen, und lase mit eben der Wärme auch den zweiten Teil durch. Dieser gefiel ihm noch besser; der Plan ist verwickelter, und im ganzen mehr romantisch. Darauf lase er die zween Quartbände von der Geschichte des christlichen teutschen Großfürsten Herkules, und der Königlich Böhmischen Prinzessin Valiska, und dieses Buch gefiel ihm gleichfalls über die Maßen; er las es im Sommer während der Heuernte, als er einige Tage Ferien hatte, aneinander ganz durch, und vergaß die ganze Welt dabei. Was das für eine Glückseligkeit sei, eine solche neue Schöpfung von Geschichten zu lesen, gleichsam mit anzusehen, und alles mit den handelnden Personen zu empfinden, das läßt sich nur denen sagen, die ein Stillings-Herz haben.

Es war einmal eine Zeit, da man sagte: der »Herkules«, die »Banise« und dergleichen, ist das größte Buch, das Teutschland hervorgebracht hat. Es war auch einmal eine Zeit, da mußten die Hüte der Mannspersonen dreieckicht hoch in die Luft stehen, je höher je schöner. Der Kopfputz der Weiber und Jungfrauen stand derweil in die Quere, je breiter je besser. Jetzt lacht man der »Banise« und des »Herkules«, ebenso, wie man eines Hagestolzen lacht, der noch mit hohem Hut, steifen Rockschößen, und ellenlangen herabhangenden Aufschlägen einhertritt. Anstatt dessen trägt man Hütchen, Röckchen, Manschettchen, liest Amourettchen, und buntscheckichte Romänchen, und wird unter der Hand so klein, daß man einen Mann aus dem vorigen Jahrhundert, wie einen Riesen ansieht, der von Grobheit strotzt. Dank sei's vorab Klopstock, und so die Reihe herunter bis auf daß sie dem unteutschen tändelnden Ton die Spitze geboten, und ihn auf die Neige gebracht haben. Es wird noch einmal eine Zeit kommen, wo man große Hüte tragen, und also auch die »Banise«, als eine herrliche Antiquität lesen wird.

Die Wirkungen dieser Lektüre auf Stillings Geist waren wunderbar, und gewiß ungewöhnlich; es war etwas in ihm, das seltene Schicksale in seinem eigenen Leben ahndete; er freute sich recht auf die Zukunft, faßte Zutrauen zum lieben himmlischen Vater, und beschloß großmütig: so geradezu, blindlings dem Faden zu folgen, wie ihn ihm die weise Vorsicht in die Hand geben würde. Desgleichen fühlte er einen himmlischsüßen Trieb, in seinem Tun und Lassen recht edel zu sein, ebenso, wie die Helden in gemeldeten Büchern vorgestellet werden. Er lase dann mit einem recht empfindsam gemachten Herzen die Bibel, und geistliche Lebensgeschichten frommer Leute: als Gottfried Arnolds »Leben der Altväter«, seine »Kirchen- und Ketzerhistorie« und andere von der Art mehr. Dadurch erhielt nun sein Geist eine höchst seltsame Richtung, die sich mit nichts vergleichen, und nicht beschreiben läßt. Alles, was er in der Natur sahe, jede Gegend idealisierte er zum Paradies, alles war ihm schön, und die ganze Welt beinah ein Himmel. Böse Menschen rechnete er mit zu den Tieren, und was sich halb gut auslegen ließ, das war nicht mehr böse in seinen Augen. Ein Mund der anders sprach, als das Herz dachte, jede Ironie, und jede Satire, war ihm ein Greuel, alle andre Schwachheiten konnte er entschuldigen.

Die Frau Schmoll lernte ihn auch immer mehr und mehr kennen, und so wuchs auch ihre Liebe zu ihm. Sie bedauerte nichts mehr, als daß er ein Schneider und Schulmeister war, beide Teile waren in ihren Augen schlechte Mittel ans Brot zu kommen; sie hatte auf ihre Weise ganz recht; Stilling wußte das so gut wie sie; aber seine Nebengeschäfte gefielen ihr ebensowenig, sie sagte wohl zuweilen im Scherz: »Entweder der Schulmeister kommt noch einst an meine Tür und bettelt, oder er kommt geritten und ist zum Herrn geworden, so, daß wir uns tief vor ihm bücken müssen.« Dann präsentierte sie ihm ihre Schnupftabaksdose, klopfte ihm auf die Schulter, und sagte: »Nehmt einmal ein Prischen, wir erleben noch etwas zusammen.« Stilling lächelte dann, nahm's und sagte: »Der Herr wird's versehen.« Dieses währte so fort, bis ins zweite Jahr seines Schulamts zu Preisingen. Da fingen die beiden Mädchen an, ihre Liebe gegen den Schulmeister mehr und mehr zu äußern. Maria bekam Mut sich klärer zu entdecken, und die Hindernisse demselben leichter zu machen; er fühlte recht innig, daß er sie lieben konnte, aber ihm graute vor den Folgen; daher fuhr er fort, jeden Gedanken an sie zu widerstehen, doch war er immer insgeheim zärtlich gegen sie; es war ihm unmöglich spröde zu sein. Anna sah das, und verzweifelte; sie entdeckte sich nicht, schwieg und verbiß ihren Gram. Stilling merkte aber davon nichts, er ahndete nicht einmal etwas Verdrießliches; sonst würde er klug genug gewesen sein, um ihr auch zärtlich zu begegnen. Sie wurde still und melancholisch; niemand wußte, was ihr fehlte. Man suchte ihr allerhand Veränderungen zu machen, aber alles war vergebens. Endlich wünschte sie ihre Tante zu besuchen, die eine starke Stunde von Preisingen, nahe bei der Stadt Salen, wohnte. Man erlaubte ihr dieses gern, und sie ging mit einer Magd fort, welche desselbigen Abends wiederkam, und versicherte, daß sie ganz munter geworden sei, als sie bei ihre Freunde gekommen wäre. Nach einigen Tagen fing man an sie zu erwarten; allein, sie blieb aus, und man hörte und sahe gar keine Nachricht von da her. Die Frau Schmoll fing an zu sorgen, sie konnte nicht begreifen, wo das Mädchen bliebe, sie fuhr allemal zusammen, wenn des Abends die Tür aufging, und fürchtete eine Trauerpost zu hören. Des folgenden Samstags mittags ersuchte sie den Schulmeister, ihr Annchen wiederzuholen, er war nicht abgeneigt dazu, machte sich fertig und ging fort.

Es war spät im Oktober, die Sonne stund niedrig in Süden, an den Bäumen hing noch da und dort ein grüngelbes Blatt, und ein kältlicher Ostwind pfiff in den blätterlosen Birken. Er mußte über eine große lange Heide gehen; hier fühlte er so etwas Schauderhaftes und Melancholisches, er dachte die Vergänglichkeit aller Dinge; ihm war's beim Abschied der schönen Natur, wie bei dem Abschied einer lieben Freundin; allein, ihn schreckte auch ein dunkeles Ahnden, so, als wenn man beim Mondschein, an einem berüchtigten einsamen Ort vorbeigeht, wo man Gespenster vermutet. Er ging und kam bei der Tante an. Sowie er zur Tür hereintrat, hüpfte ihm Anna mit fliegenden Haaren, und vernachlässigten Kleidern, entgegen, hüpfte ein paarmal um ihn herum, und sagte:

»Du bist mein lieber Knabe! du liebst mich aber nicht. Wart du! sollst auch kein Blumensträußchen haben! – So ein Sträußchen – von Blumen, die an Felsen und Klippen wachsen, – so ein Feldkümmelsträußchen, das ist für dich! –«

Stilling erstarrte, er stund und sagte kein Wort. Die Tante sah ihn an, und weinte, sie aber hüpfte und tanzte wieder fort, und sung:

> Es graste ein Schäflein am Felsenstein,
> Fand keine süße Weide,
> Der Schäfer ging und pflegte nicht sein,
> Das tat dem Schäflein so leide.

Zwei Tage vorher war sie des Abends vernünftig und gesund zu Bett gegangen, des Morgens aber war sie ebenso gewesen, wie sie Stilling nun fand, niemand konnte die Ursache erraten, woher dieses Unglück seinen Ursprung genommen, der Schulmeister selber wußte sie damals noch nicht, bis er sie hernach aus ihren Reden erfahren hat.

Die ehrliche Frau wollte beide heute nicht gehen lassen, sondern sie ersuchte Stillingen die Nacht dazubleiben, und morgen mit der armen Nichte nach Haus zu gehen, er entschloß sich willig dazu, und blieb da.

Des Abends, während dem Essen, saß sie ganz still am Tisch, aß aber sehr wenig. Stilling fragte sie: »Sage mir, Anna, schmeckt dir das Essen nicht?« Sie antwortete: »Ich habe gegessen, aber es bekommt mir nicht gut, habe Herzweh!« Sie sah wild aus. »Stille!« fuhr der Schulmeister fort, »du mußt ruhig sein; du warst sonst ein sanftes ruhiges Mädchen, wie ist das, daß du dich so verändert hast? Du siehst, die Tante weint über dich, tut dir das nicht leid? ich selber habe über dich weinen müssen, besinne dich doch einmal! du warst sonst nicht, wie du nun bist, sei doch wie du sonst warst!« Sie versetzte. »Höre! soll ich dir ein fein Stückchen erzählen?

Es war einmal eine alte Frau.«

Nun stund sie auf, machte sich krumm, nahm einen Stock in die Hand, ging in der Stube herum, und machte die Figur einer alten Frauen ganz natürlich nach.

»Du hast wohl ehe eine alte Frau sehn betteln gehen. Diese alte Frau bettelte auch, und wenn sie etwas bekam, dann sagte sie: ›Gott lohn' euch!‹ Nicht wahr? so sagen die Bettelleute, wenn man ihnen etwas gibt? – Die Bettelfrau kam an eine Tür – an eine Tür! – Da stund ein freundlicher Schelm vom Jungen am Feuer und wärmte sich – Das war so ein Junge, als –«

Sie winkte den Schulmeister an.

»Der Junge sagte freundlich zu der armen alten Frauen, wie sie so an der Tür stund und zitterte: ›Kommt, Altmutter, und wärmt Euch!‹ Sie kam herzu.«

Nun ging sie auch wieder ganz bebend, kam und stund krumm neben Stillingen.

»Sie ging aber zu nahe ans Feuer stehn; – ihre alte Lumpen fingen an zu brennen, und sie ward's nicht gewahr. Der Jüngling stund und sah das. – Er hätt's doch löschen sollen, nicht wahr, Schulmeister? – Er hätt's löschen sollen?«

Stilling schwieg. Er wußte nicht, wie ihm war; er hatte so eine dunkle Ahndung, die ihn sehr melancholisch machte. Sie wollte aber eine Antwort haben; sie sagte:

»Nicht wahr, er hätte löschen sollen? – Gebt mir eine Antwort, so will ich auch sagen: ›Gott lohn' Euch!‹.«

»Ja!« erwiderte er, »er hätte löschen sollen. Aber, wenn er nun kein Wasser hatte, nicht löschen konnte!« – Stilling stund auf, er fand keine Ruhe mehr, doch durfte er sich's nicht merken lassen.

»Ja! (fuhr Anna fort, und weinte) dann hätte er alles Wasser in seinem Leibe zu den Augen heraus weinen sollen, das hätte so zwei hübsche Bächlein gegeben zu löschen.«

Sie kam wieder und sah ihm scharf ins Gesicht; die Tränen stunden ihm in die Augen.

»Nun, die will ich dir doch abwischen!«

Sie nahm ihr weißes Schnupftüchlein, wischte sie ab, und setzte sich wieder still an ihren Ort. Alle waren still und traurig. Darauf gingen sie zu Bett.

Stillingen kam kein Schlaf in die Augen; er meinte nicht anders, als wenn ihm das Herz im Leibe für lauter Mitleid und Erbarmen zerspringen wollte. Er besann sich, was da wohl seine Pflicht wäre? – Sein Herz sprach für sie um Erbarmung, sein Gewissen aber forderte die strengste Zurückhaltung. Er untersuchte nun, welcher Forderung er folgen müßte? Das Herz sagte: Du kannst sie glückselig machen. Das Gewissen aber: Diese Glückseligkeit ist von kurzer Dauer, und dann folgt ein unabsehlich langes Elend darauf. Das Herz meinte: Gott könnte die zukünftigen Schicksale wohl recht glücklich ausfallen lassen; das Gewissen aber urteilte: man müßte Gott nicht versuchen, und nicht von ihm erwarten, daß er, um ein paar Leidenschaften zweier armer Würmer willen, eine ganze Verkettung vieler aufeinander folgender Schicksale, wobei so viele andre Menschen interessiert sind, zerreißen und verändern solle. »Das ist auch wahr!« sagte Stilling, sprang aus dem Bett, und wandelte auf und ab, »ich will freundlich gegen sie sein, aber mit Ernst und Zurückhaltung.«

Des Sonntags morgens begab sich der Schulmeister mit der armen Jungfer auf den Weg. Sie wollte absolut an seinem Arm gehen; er ließ das nicht gern zu, weil es ihm sehr übel würde genommen worden sein, wenn es ehrbare Leute gesehen hätten. Doch er überwand dieses Vorurteil, und führte sie am rechten Arm. Als sie auf obengedachte Heide kamen, verließ sie ihn, spazierte umher, und pflückte Kräuter, aber keine grüne, sondern solche, die entweder halb, oder ganz welk und dürre waren. Dabei sunge sie folgendes Lied.

Es saß auf grüner Heide,
    Ein Schäfer grau und alt :,:
Es grasten auf der Weide
    Die Schäflein langs den Wald.
Sonne, noch einmal, blicke zurücke!

Der Schäfer, krumm und müde,
    Stieg bei der Herde her :,:
Und wann die Sonne glühte,
    Dann war sein Gang so schwer.
Sonne, noch einmal, blicke zurücke!

Sein Mädchen jung und schöne,
    Sein einzigs Töchterlein :,:
War vieler Schäfer Söhne,
    Ihr einziger Wunsch allein.
Sonne, noch einmal, blicke zurücke!

Doch einer unter allen,
    Der edle Faramund :,:
Tät ihr allein gefallen
    In ihres Herzens Grund.
Sonne, noch einmal, blicke zurücke!

Es hatte ihn gebissen
    Ein fremder Schäferhund :,:
Sein Fleisch war ihm zerrissen,
    Sein Fuß war ihm verwundt.
Sonne, noch einmal, blicke zurücke!

Sie gingen einmal beide
    Im Walde hin und her :,:
Eins an des andern Seite,
    Das Herz war jedem schwer.
Sonne, noch einmal, blicke zurücke!

Sie kamen nah zur Heide,
    Allwo der Vater saß :,:
Es trauerten an der Weide
    Die Schäflein in dem Gras.
Sonne, noch einmal, blicke zurücke!

Auf einem grünen Rasen
    Stand Faramund starr und fest :,:
Die bangen Vögelein saßen
    Ganz still in ihrem Nest.
Sonne, noch einmal, blicke zurücke!

Er fiel, mit blanken Zähnen,
    Sein armes Mädchen an :,:
Sie rief mit tausend Tränen
    Ihn um Erbarmen an.
Sonne, noch einmal, blicke zurücke!

Das bange Seelenzagen
    Hört nun der Vater bald :,:
Des Mädchens Ach und Klagen
    Erscholl im ganzen Wald.
Sonne, noch einmal, blicke zurücke!

Der Vater, steif und bebend,
    Lief langsam stolpernd hin :,:
Er fand sie kaum mehr lebend,
    Ihm starrte Mut und Sinn.
Sonne, noch einmal, blicke zurücke.

Der Jüngling kehrte wieder
    Von seiner Raserei :,:
Und fiele sterbend nieder,
    Zog Lorens Haupt herbei.
Sonne, noch einmal, blicke zurücke!

Und unter tausend Küssen
    Flog hin das Seelenpaar :,:
In matten Tränengüssen
    Entflohn sie der Gefahr.
Sonne, noch einmal, blicke zurücke!

Nun wankt, im Seelenleiden,
    Der Vater hin und her :,:
Ihn fliehen alle Freuden,
    Kein Sternlein glänzt ihm mehr.
Sonne, noch einmal, blicke zurücke!

Stilling mußte sich mit Gewalt halten, daß er nicht hart weinte und heulte. Sie stund oft gegen der Sonne über, sah sie zärtlich an, und sung dann: »Sonne, noch einmal, blicke zurücke!« Ihr Ton war sanft, wie einer Turteltauben, wenn sie vor dem Untergang der Sonne noch einmal girrt. Ich wünschte, daß meine Leser nur die sanfte harmonische Melodien dieses und anderer in dieser Geschichte vorkommenden Lieder hätten, sie würden dieselben doppelt empfinden; doch werde ich sie vielleicht dereinsten auch drucken lassen.

Endlich sprung sie wieder an seinen Arm, und ging mit ihm fort. »Du weinst, Faramund!« sagte sie, »aber du beißest mich doch nicht, heiß mich Lore, ich will dich Faramund heißen; willst du?« »Ja!« sagte Stilling mit Tränen, »sei du Lore ich bin Faramund. Arme Lore! was wird die Mutter sagen?«

»Hab ihr da so ein welkes Sträußchen gebunden, mein Faramund! aber du weinst?«

»Ich weine um Lore.«

»Lore ist ein gutes Mädchen. Bist du wohl in der Hölle gewesen, Faramund?«

»Davor bewahr uns Gott!«

Nun griff sie seine rechte Hand, legte sie unter ihre linke Brust, und sagte: »Wie's da klopft! – da ist die Hölle – da gehörst du hinein, Faramund!« – Sie knirschte auf den Zähnen, sahe wild um sich her. »Ja!« fuhr sie fort, »du bist schon da drinnen! – aber – wie ein böser Engel!« – Hier hielt sie ein, weinte. »Nein«, sagte sie, »so nicht, so nicht!«

Unter dergleichen Reden, die dem guten Stilling scharfe Messer im Herzen waren, kamen sie nach Hause. Sowie sie über die Schwelle traten, kam Maria aus der Küchen, und die Mutter aus der Stubentür heraus. Anna flog der Mutter um den Hals, küßte sie, und sagte: »Ach, liebe Mutter! ich bin nun so fromm geworden, so fromm, wie ein Engel, und du, Mariechen, magst sagen, was du willst, (sie dräute ihr mit der Faust) du hast mir meinen Schäfer genommen, du weidest da in guter Ruh'. – Aber, kannst du das Liedchen

›Es graste ein Schäflein am Felsenstein‹?«

Sie hüpfte in die Stube und küßte alle Menschen, die sie sahe. Frau Schmoll und Maria weinten laut. »Ach! was muß ich erleben!« sagte die gute Mutter, und heulte laut. Stilling erzählte indessen alles, was er von der Tante gehört hatte, und trauerte herzlich um sie. Seine Seele, die ohnehin so empfindsam war, versunk in tiefen Kummer. Denn er sah nunmehr wohl ein, woher das Unglück entstanden war, und doch durfte er keinem Menschen ein Wörtchen davon sagen. Maria merkte es auch, sie spiegelte sich an ihrer

Schwester, und zog ihr Herz allmählich von Stilling ab, indem sie andern braven Jünglingen Gehör gab, die um sie wurben. Indessen brachte man die arme Anna oben im Hause auf ein Zimmer, wo man eine alte Frau bei sie tat, die auf sie achthaben, und ihrer warten mußte. Sie wurde zuweilen ganz rasend, so, daß sie alles zerriß, was sie nur zu fassen bekam; man rief alsdann den Schulmeister, weil man keine andre Mannsperson, außer dem Knecht, im Hause hatte: dieser konnte sie bald zur Ruhe bringen, er hieß sie nur Lore, dann hieß sie ihn Faramund, und war so zahm, wie ein Lämmchen.

Ihr gewöhnlicher Zeitvertreib bestund darinnen, daß sie eine Schäferin vorstellte; und diese Idee muß bloß von obigem Lied hergekommen sein, denn sie hatte gewiß keine Schäfergeschichte, oder Idyllen gelesen, ausgenommen einige Lieder, welche von der Art in Schmolls Hause gäng und gäbe waren. Wenn man zu ihr hinaufkam, so hatte sie ein weißes Hemd über ihre Kleider angezogen, und einen rundum abgezügelten Mannshut auf dem Kopf. Um den Leib hatte sie sich mit einem grünen Band gegürtet, dessen lang herabhängendes Ende sie ihrem Schäferhund, den sie Phylax hieß, und der niemand anders als ihre alte Aufwärterin war, um den Hals gebunden hatte. Das gute alte Weib mußte auf Händen und Füßen herumkriechen, und so gut bellen als sie konnte, wenn sie von ihrer Gebieterin gehetzt wurde; öfters war's mit dem Bellen nicht genug, sondern sie mußte sogar einen oder den andern ins Bein beißen. Zuweilen war die Frau müde die Hundsrolle zu spielen, allein sie bekam alsdenn derbe Schläge, denn Anna hatte beständig einen langen Stab in der Hand: indessen ließ sich die gute Alte gern dazu gebrauchen, weilen sie Anna damit stillen konnte, und nebst gutem Essen und Trinken einen schönen Lohn bekam.

Dieses Elend dauerte nur einige Wochen. Anna kam wieder zu sich selbst, sie bedauerte sehr den Zustand worin sie gewesen war, wurde vorsichtiger und vernünftiger als vorhin, und Stilling lebte wieder neu auf, besonders als er nun merkte, daß er zweien so gefährlichen Klippen entgangen war. Unterdessen entdeckte niemand in der Familie jemalen, was die wahre Ursache von Annens Unfall gewesen war.

Stilling besorgte seine Schule unverdrossen fort; doch ob er gleich Fleiß anwandte, seinen Schülern Wissenschaften beizubringen, so fanden sich doch ziemlich viele unter seinen Bauern die ihm begonnten recht feind zu werden. Die Ursache davon ist nicht zu entwickeln; Stilling war einer von denen Menschen, die niemand gleichgültig sind, entweder man mußte ihn lieben oder man mußte ihn hassen; die erstern sahen auf sein gutes Herz, und vergaben ihm seine Fehler gern; die andern betrachteten sein gutes Herz als dumme Einfalt, seine Handlungen als Fuchsschwänzereien, und seine Gaben als Prahlsucht. Diese wurden ihm unversöhnlich feind, und je mehr er sie seinem Charakter gemäß mit Liebe zu gewinnen suchte, je böser sie wurden; denn sie glaubten nur, es sei bloß Schmeichelei von ihm, und wurden ihm nur desto feindseliger. Endlich beging er eine Unvorsichtigkeit, die ihn vollends um die Preisinger Schule brachte, wie gut die Sache auch an seiner Seiten gemeint war.

Er band sich nicht gern an die alte gewöhnliche Schulmethode, sondern suchte allerhand Mittel hervor, um sich und seine Schüler zu belustigen; deswegen ersann er täglich etwas Neues. Sein erfinderischer Geist fand vielerlei Wege, dasjenige was die Kinder zu lernen hatten, ihnen spielend beizubringen. Viele seiner Bauern sahen es als nützlich an, andere betrachteten es als Kindereien, und ihn als einen Stocknarren. Besonders aber fing er ein Stück an, das allgemeines Aufsehen machte. Er schnitte weiße Blätter in der Größe wie Karten: diese bezeichnete er mit Nummern; die Nummern bedeuteten diejenigen Fragen des Heidelbergischen Katechismus, welche die nämliche Zahl hatten; diese Blätter wurden von vier oder fünf Kindern gemischt, soviel ihrer zusammen spielen wollten, alsdann wie Karten umgegeben und gespielt; die größere Nummer stach immer die kleinere ab; derjenige, welcher am letzten die höchste Nummer hatte, brauchte nur die Frage zu lernen, die seine Nummer anwies, und wenn er sie schon vorhin gekonnt hatte, so lernte er nichts bis den andern Tag, die andern aber mußten lernen, was sie vor Nummern vor sich liegen hatten, und ihr Glück bestand darin, wenn sie viele der Fragen wußten, die ihnen in ihren Nummern zugefallen waren. Nun hatte Stilling zuweilen das Kartenspielen gesehen, und auch sein Spiel davon abstrahiert, allein er verstand gar nichts davon, doch wurde es ihm so ausgelegt und die ganze Sache seinem Vetter, dem Herrn Pastor Goldmann, auf der schlimmsten Seite vorgetragen.

Dieser vortreffliche Mann liebte Stillingen von Herzen, und seine Unvorsichtigkeit schmerzte ihn aus der Maßen; er ließ den Schulmeister zu sich kommen, und stellte ihn wegen dieser Sache zur Rede. Stilling erzählte ihm alles freimütig, zeigte ihm das Spiel vor und überführte ihn von dem Nutzen den er dabei verspüret hatte. Allein Herr Goldmann, der die Welt besser kannte, sagte ihm: »Mein lieber Vetter! man darf heutiges Tages ja nicht bloß auf den Nutzen einer Sache sehen, sondern man muß auch allezeit wohl erwägen, ob die Mittel, dazu zu gelangen, den Beifall der Menschen haben, sonst erntet man Stank für Dank, und Hohn für Lohn; so geht's Euch jetzt, und Eure Bauren sind so aufgebracht, daß sie Euch nicht länger als bis Michaelis behalten wollen; sie sind willens: wenn Ihr nicht gutwillig abdankt, die ganze Sache dem Inspektor anzuzeigen, und Ihr wißt was der vor ein Mann ist. Nun wär' es doch schade, wenn die Sache so weit getrieben würde; weilen Ihr alsdann hier im Lande nie wieder Schulmeister werden könntet: ich rate Euch deswegen, danket ab! und sagt heute noch Eurer Gemeinde, Ihr wäret des Schulhaltens müde, sie möchten sich einen andern Schulmeister wählen. Ihr bleibt alsdann in Ehren, und es wird nicht lange währen so werdet Ihr eine bessere Schule bekommen, als diese die Ihr bedient habt. Ich werde Euch indessen liebhaben, und sorgen, daß Ihr glücklich werden mögt so viel ich nur kann.«

Diese Rede drung Stilling durch Mark und Bein, er wurde blaß und die Tränen stunden ihm in die Augen. Er hatte sich die Sache vorgestellt wie sie war, und nicht wie sie ausgelegt werden könnte; doch sah er ein, daß sein Vetter ganz recht hatte; er war nun abermal gewitzigt, und er nahm sich vor, in Zukunft äußerst behutsam zu sein. Doch bedauerte er bei sich selber, daß seine mehresten Amtsbrüder mit weniger Geschicklichkeit und Fleiß, doch mehr Ruhe und Glück genössen als er, und er begonnte einen dunklen Blick in die Zukunft zu tun, was doch wohl der himmlische Vater noch mit ihm vor haben möchte. Als er nach Haus kam, kündigte er mit inniger Wehmut seiner Gemeinde an, daß er abdanken wollte. Der größte Teil erstaunte, der böseste Teil aber war froh, denn sie hatten schon jemand im Vorschlag, der sich besser zu ihren Absichten schickte, und nun hinderte sie niemand mehr dieselben zu erreichen. Die Frau Schmoll und ihre Töchter konnten sich am übelsten darin finden, denn erstere liebte ihn, und die beiden letztern hatten ihre Liebe in eine herzliche Freundschaft verwandelt, die aber doch gar leicht wieder hätte in erstern Brand geraten können, wenn er sich zärtlicher gegen sie ausgelassen, oder daß sich eine andere Möglichkeit den erwünschten Zweck zu erreichen geäußert hätte. Sie weinten alle drei, und fürchteten den Tag des Abschieds, doch der kam mehr als zu früh. Die Mädchen versunken in stummen Schmerz, Frau Schmoll aber weinte; Stilling ging wie ein Trunkener; sie hielten an ihm an, sie oft zu besuchen; er versprach das, und taumelte wieder mitternachtwärts den Berg hinauf; auf der Höhe sah er nochmals nach seinem lieben Preisingen um, setzte sich hin und weinte. Ja! dachte er: Lampe singt wohl recht; »Mein Leben ist ein Pilgrimstand« – Da geh ich schon das drittemal wieder an das Schneiderhandwerk, wann ehr mag es doch wohl endlich Gott gefallen, mich beständig glücklich zu machen! hab ich doch keine andere Absicht, als ein rechtschaffener Mann zu werden. Nun befahl er sich Gott, und wanderte mit seinem Bündel auf Leindorf zu.

Nach dem Verlauf zweier Stunden kam er daselbst an. Wilhelm sah ihn zornig an als er zur Tür hereintrat; das ging ihm durch die Seele, seine Mutter aber sah ihn gar nicht an, er setzte sich hin und wußte nicht wie ihm war. Endlich fing sein Vater an: »Bist du wieder da, ungeratener Junge? ich hab mir eitle Freude deinetwegen gemacht, was helfen dich deine brotlosen Künste? – das Handwerk ist dir zuwider, sitzest da seufzen und seufzen, und wenn du Schulmeister bist, so will's nirgend fort. Zu Zellberg warst ein Kind und hattest kindische Anschläge, darum gab man dir was zu; zu Dorlingen warst ein Schuhputzer, so gar kein Salz und Kraft hast bei dir; hier zu Leindorf ärgertest du die Leute mit Sächelchen, die weder dir noch andern nutzen, und zu Preisingen mußt d' entfliehen, um so eben deine Ehre zu retten. Was willst nun hier machen? – Du mußt Handwerk und Feldarbeit ordentlich verrichten, oder ich kann dich nicht brauchen.« Stilling seufzte tief und antwortete: »Vater! ich fühl es in meiner Seelen, daß ich unschuldig bin, ich kann mich aber nicht rechtfertigen; Gott im Himmel weiß alles! ich muß zufrieden sein, was Er über mich verhängen wird. Aber:

> Endlich wird das frohe Jahr,
> Der erwünschten Freiheit kommen!

Es wäre doch entsetzlich, wenn mir Gott Triebe und Neigungen in die Seele gelegt hätte, und seine Vorsehung weigerte mir, solang ich lebe, die Befriedigung derselben!«

Wilhelm schwieg, und legte ihm ein Stück Arbeit vor. Er setzte sich hin und fing wieder an zu arbeiten; er hatte ein so gutes Geschicke darzu, daß sein Vater oft zu zweifeln anfing, ob er nicht gar von Gott zum Schneider bestimmt sei? Dieser Gedanke aber war Stillingen so unerträglich, daß sich seine ganze Seele dagegen empörete; er sagte dann auch wohl zuweilen, wenn Wilhelm so etwas vermutete: »Ich glaube nicht, daß mich Gott in diesem Leben zu einer beständigen Hölle verdammt habe.«

Es war nunmehro Herbst, und die Feldarbeit mehrenteils vorbei, daher mußte er fast immer auf dem Handwerk arbeiten, und dieses war ihm auch lieber, seine Glieder konnten es besser aushalten. Dennoch aber fand sich seine tiefe Traurigkeit bald wieder, er war wie in einem fremden Lande von allen Menschen verlassen. Dieses Leiden hatte so etwas ganz Besonders und Unbeschreibliches; das einzige was ich nie habe begreifen können, war dieses: Sobald die Sonne schien, fühlte er sein Leiden doppelt, das Licht und Schatten des Herbstes brachte ihm ein so unaussprechliches Gefühl in seine Seele, daß er für Wehmut oft zu vergehen glaubte, hingegen wenn es regnicht Wetter und stürmisch war, so befand er sich besser, es war ihm als wenn er in einer dunklen Felsenkluft säße, er fühlte dann eine verborgene Sicherheit, wobei es ihm wohl war. Ich hab unter seinen alten Papieren noch einen Aufsatz gefunden, den er diesen Herbst im Oktober an einem Sonntag nachmittag verfertiget hat; es heißt unter andern darinnen:

> Gelb ist die Trauerfarbe
> Der sterbenden Natur,
> Gelb ist der Sonnenstrahl;
> Er kommt so schief aus Süden,
> Und lagert sich so müde
> Langs Feld und Berge hin;
> Die kalte Schatten wachsen,
> Auf den erblaßten Rasen,
> Wird's grau von Frost und Reif,
> Der Ost ist scharf und herbe,

Er stößt die falben Blätter,
Sie nieseln auf den Frost usw.

An einem andern Ort heißt es:

Wenn ich des Nachts erwache,
So heult's im Loch der Eulen,
Die Eiche saust im Wind.
Es klappern an den Wänden,
Die halb verfaulten Bretter,
Es rast der wilde Sturm.
Dann ist's mir wohl im Dunkeln,
Dann fühl ich tiefen Frieden,
Dann ist's mir traurig wohl usw.

Wenn sein Vater guter Laune war, so daß er sich in etwa an ihn entdecken durfte, so klagte er ihm zuweilen sein inneres trauriges Gefühl. Wilhelm lächelte dann und sagte: »Das ist etwas welches wir Stillinge nicht kennen, das hast du von deiner Mutter geerbt. Wir sind immer gut Freund mit der Natur, sie mag grün, gelb, oder weiß aussehen; wir denken dann das muß so sein, und es gefällt uns. Aber deine selige Mutter hüpfte und tanzte im Frühling, im Sommer war sie munter und geschäftig, im Anfang des Herbsts fing sie an zu trauern, bis Weihnachten weinte sie, und dann fing sie an zu hoffen, und die Tage zu zählen, im März lebte sie schon halb wieder auf.« Wilhelm lächelte, schüttelte den Kopf und sagte: »Es sind doch besondere Dinge!« – »Ach!« seufzte dann Heinrich oft in seinem Herzen: »möchte sie noch leben, sie würde mich am besten verstehen!« –

Zuweilen fand Stilling ein Stündchen, das er zum Lesen verwenden konnte, und dann dauchte ihm, als wenn er noch einen fernen Nachgeschmack von den vergangenen seligen Zeiten genösse, allein es war nur ein vorbeieilender Genuß. Um ihn her wirkten eitel frostige Geister, er fühlte das beständige Treiben des Geldhungers, und der frohe stille Genuß war verschwunden. – Er beweinte seine Jugend, und trauerte um sie wie ein Bräutigam um seine erblaßte Braut. Allein das alles half nichts, klagen durfte er nicht; und sein Weinen brachte ihm nur Vorwürfe.

Doch hatte er einen einzigen Freund zu Leindorf, der ihn ganz verstund, und dem er alles klagen konnte. Dieser Mensch hieß Caspar und war ein Eisenschmelzer, eine edle Seele, warm für die Religion, mit einem Herzen voller Empfindsamkeit. Der November hatte noch schöne Herbsttage, deswegen gingen Caspar und Stilling sonntags nachmittags spazieren, alsdann flossen ihre Seelen ineinander über; besonders hatte Caspar eine feste Überzeugung in seinem Gemüt, daß sein Freund Stilling vom himmlischen Vater zu weit was anders als zum Schulhalten und Schneiderhandwerk bestimmt sei; er konnte das so unwidersprechlich dartun, daß Stilling ruhig und großmütig beschloß, alle seine Schicksale geduldig zu ertragen. Um Weihnachten blickte ihn das Glück wieder freundlich an. Die Kleefelder Vorsteher kamen, und beriefen ihn zu ihren Schulmeister; dieses war nun die beste und schönste Kapellenschule im ganzen Fürstentum Salen. Er wurde wieder ganz lebendig, dankte Gott auf den Knien, und zog hin. Sein Vater gab ihm beim Abschied die treusten Ermahnungen, und er selber tat sozusagen ein Gelübde, jetzt alle seine Geschicklichkeit und Wissenschaft anzuwenden, um im Schulhalten den höchsten Ruhm davonzutragen. Die Vorsteher gingen mit ihm nach Salen, und er wurde daselbst vor dem Konsistorium von dem Inspektor Meinhold bestätigst.

Mit diesem festen Entschluß trat er mit dem Anfang des 1760ten Jahrs im zwanzigsten seines Alters, dieses Amt wiederum an, und bediente dasselbe mit solchem Ernst und Eifer, daß es rundumher bekannt wurde, und alle seine Feinde und Mißgönner fingen an zu schweigen, seine Freunde aber zu triumphieren, er beharrte auch in dieser Treue solange er da war. Demohngeachtet setzte er doch seine Lektüre in den übrigen Stunden fort. Das Klavier und die Mathematik waren sein Hauptwerk; indessen wurden doch Dichter und Romanen nicht vergessen. Gegen das Frühjahr wurde er mit einem Amtskollegen bekannt, der Graser hieß, und das Tal hinauf, eine starke halbe Stunde weit von Kleefeld, auf dem Dorf Kleinhoven Schul' hielt. Dieser Mensch war einer von denjenigen, die immer mit vielbedeutender Miene stillschweigen, und im verborgenen handeln.

Ich hab oft Lust gehabt die Menschheit zu klassifizieren, und da möcht ich die Klasse, worunter Graser gehörte, die launichte nennen. Die besten Menschen darinnen, sind stille Beobachter ohne Gefühl, die mittelmäßige sind Dockmäuser, die schlechtesten, Spionen und Verräter. Graser war freundlich gegen Stillingen, aber nicht vertraulich. Stilling hingegen war beides, und das gefiel jenem, er beobachtete gern andere im Lichte, stund aber dagegen selber lieber im Dunkeln. Um nun Stillingen recht zum Freund zu behalten, so sprach er immer von großen Geheimnissen, er verstund magische und sympathetische Kräfte zu regieren, und einsmals vertraute er Stillingen unter dem Siegel der größten Verschwiegenheit, daß er die erste Materie des Steins der Weisen recht wohl kenne; Graser sah dabei so geheimnisvoll aus, als wenn er würklich das große Universal selber besessen hätte. Stilling vermutete es, und Graser leugnete es auf eine Art, die jenen vollends überzeugte, daß er gewiß den Stein der Weisen habe; dazu kam noch daß Graser immerfort sehr viel Geld hatte, weit mehr, als ihm seine Umstände einbringen konnten. Stilling war überaus vergnügt wegen dieser Bekanntschaft, ja er hoffte sogar dereinst durch Hülfe seines Freundes ein Adeptus zu werden. Graser liehe ihm die Schriften des Basilius Valentinus. Er lase sie ganz aufmerksam durch, und als er hinten an den Prozeß aus dem ungarischen Vitriol kam, da wußte er gar nicht wie ihm ward. Er glaubte würklich, er könnte nun den Stein der Weisen selber machen. Er bedachte sich eine Weile, nun fiel ihm ein, wenn der Prozeß so ganz vollkommen richtig wäre, so müßte ihn ja ein jeder Mensch machen können, der nur das Buch hätte.

Ich kann versichern, daß Stillings Neigung zur Alchimie niemalen den Stein der Weisen zum Zweck hatte, wenn er ihn gefunden hätte, so wär's ihm lieb gewesen; sondern ein Grundtrieb in seiner Seelen, wovon ich bis dahin noch nichts gesagt habe, fing an sich bei reiferen Jahren zu entwickeln, und der war ein unersättlicher Hunger nach Erkenntnis der ersten Urkräfte der Natur. Damalen wußte er noch nicht, welchen Namen er dieser Wissenschaft beilegen soll-te. Das Wort Philosophie schien ihm was anders zu bedeuten; dieser Wunsch ist noch nicht erfüllt, weder Newton noch Leibniz, noch jeder andrer hat ihm Genüge tun können; doch er hat mir gestanden, daß er jetzt auf der wahren Spur sei, und daß er zu seiner Zeit damit ans Licht treten werde.

Damalen schien ihm die Alchimie der Weg dahin zu sein, und deswegen lase er alle Schriften von der Art, die er nur auftreiben konnte. Allein es war etwas in ihm, das immerfort rief: Wo ist der Beweis daß es wahr ist? – Er erkannte nur drei Quellen der Wahrheit. Erfahrung, mathematische Überführung, und die Bibel, und alle drei Quellen wollten ihm gar keinen Aufschluß in der Alchimie geben, deswegen verließ er sie vor die Zeit ganz.

Einsmals besuchte er seinen Freund Graser an einem Samstag nachmittag; er fand ihn allein auf der Schule sitzen, allwo er etwas ausstach das einem Petschaft ähnlich war. Stilling fragte: »Herr Kollege! was machen Sie da?«

»Ich stech ein Petschaft.«

»Lassen Sie mich doch sehen, das ist ja feine Arbeit!«

»Es gehört vor den Herrn von N. Hören Sie, mein Freund Stilling! ich wollte Ihnen gern helfen, daß Sie ohne den Schulstaub und die Schneiderei an Brot kommen könnten. Ich beschwöre Sie bei Gott, daß Sie mich nicht verraten wollen.«

Stilling gab ihm die Hand darauf, und sagte: »Ich werde Sie gewiß nicht verraten.«

»Nun so hören Sie! ich hab ein Geheimnis; ich kann Kupfer in Silber verwandeln, ich will Sie in Compagnie nehmen, und Ihnen die Hälfte von dem Gewinn geben; indessen sollen Sie zuweilen einige Tage heimlich verreisen, und das Silber an gewisse Leute zu veräußern suchen.«

Stilling saß und dachte der Sache nach; der ganze Vortrag gefiel ihm nicht, denn erstlich ging sein Trieb nicht dahin, viel Geld zu erwerben, sondern nur Erkenntnis der Wahrheit und Wissenschaften zu erlangen, und Gott und dem Nächsten damit zu dienen; und vors zweite: so kam ihm bei seiner geringen Weltkenntnis die ganze

Sache doch verdächtig vor; denn je mehr er nach dem Petschaft blickte, je mehr wurde er überzeugt, daß es ein Münzstempel sei. Es fing ihm daher an zu grauen, und er suchte Gelegenheit von dem Schulmeister Graser abzukommen, indem er ihm sagte, er wolle nach Haus gehen, und die Sache näher überlegen.

Nach einigen Tagen entstund ein Alarm in der ganzen Gegend; die Häscher waren des Nachts zu Kleinhoven gewesen, und hatten den Schulmeister Graser aufheben wollen, er war aber schon entwischt, er ist hernach nach Amerika gegangen, und man hat weiter nichts von ihm gehört. Seine Mitschuldigen aber wurden gefangen, und nach Verdienst gestraft. Er war eigentlich selber der rechte Künstler gewesen, und gewiß mit dem Strang belohnt worden, wenn man ihn ertappt hätte.

Stilling erstaunte über die Gefahr in welcher er geschwebt hatte, und dankte Gott von Herzen daß Er ihn bewahrt hatte.

So lebte er nun ganz vergnügt fort, und glaubte gewiß, daß die Zeit seiner Leiden zu Ende sei; in der ganzen Gemeinde fand sich kein Mensch, der etwas Widriges von ihm gesprochen hätte, alles war ruhig; aber welch ein Sturm folgte auf diese Windstille! Er war bald dreiviertel Jahr zu Kleefeld gewesen, als er eine Vorladung bekam, den künftigen Dienstag morgens um neun Uhr, vor dem fürstlichen Konsistorium zu Salen zu erscheinen. Er verwunderte sich über diesen ungewöhnlichen Vorfall; doch fiel ihm gar nichts Widriges ein; vielleicht! dachte er: sind neue Schulverordnungen beschlossen, die man mir und andern vortragen will. Und so ging er ganz ruhig am bestimmten Tage nach Salen hin.

Als er ins Vorzimmer der Konsistorialstube trat, so fand er da zween Männer aus seiner Gemeinde stehen, von denen er nie gedacht hatte, daß sie ihm widerwärtig wären. Er fragte sie, was vorginge? Sie antworteten: »Wir sind vorgeladen, und wissen nicht warum«; indessen wurden sie alle drei hineingefordert.

Oben am Fenster stand ein Tisch; auf der einen Seite desselben saß der Präsident, ein großer Rechtsgelehrter; er war klein von Statur, länglicht und mager von Gesicht, aber ein Mann von einem vortrefflichen Charakter, voller Feuer und Leben. Auf der andern Seiten des Tisches saß der Inspektor Weinhold, ein dicker Mann mit einem vollen länglichten Gesicht; der große Unterkinn ruhte sehr majestätisch auf dem feinen wohlgeglätteten und gesteiften Kragen, damit er nicht so leicht wund werden möchte; er hatte eine vortreffliche weiße und schöne Perücke auf dem Haupt, und ein seidener schwarzer Mantel hing seinen Rücken herunter; er hatte hohe Augbrauen und wenn er jemand ansahe, so zog er die untern Augenlider hoch in die Höhe, so daß er beständig blinzelte. Die Absätze an seinen Schuhen krachten wenn er drauf trat, und er hatte sich angewöhnt, er mochte stehen oder sitzen, immerfort wechselsweise auf die Absätze zu treten, und sie krachen zu lassen. So saßen die beiden Herren da, als die Parteien hereintreten. Der Secretarius aber saß hinter einem langen Tisch, und guckte über einen Haufen Papier hervor. Stilling stellte sich unten an den Tisch, die beiden Männer aber stunden gegenüber an der Wand.

Der Inspektor räusperte sich, drehete sich gegen die Männer, und sprach:

»Ist das air Schoolmaister?«

»Ja, Herr Oberprediger!«

»So! arächt! Ihr said also der Schoolmaister von Kleefeld?«

»Ja!« sagte Stilling;

»'r said mer ain schöner Kärl! wär't wärt, daß man Aich aus dem Land paitschte!«

»Sachte! sachte!« redete der Präsident ein, »audiatur et altera pars.«

»Herr Präsident! das k'hört ad forum ecclesiasticum. Sie habä da nichts z' sagä.«

Der Präsident ergrimmte und schwieg. Der Inspektor sahe Stilling verächtlich an, und sagte:

»Wie 'r da stäth, der schlechte Mensch!«

Die Männer lachten ihn höhnisch aus. Stilling konnte das gar nicht ertragen, er hatte auf der Zunge, er wollte sagen: wie Christus vor dem Hohenpriester! allein er nahm's wieder zurück, trat näher, und sagte: »Was hab ich getan? Gott ist mein Zeuge, ich bin unschuldig!« Der Inspektor lachte höhnisch, und erwiderte:

»Als wenn 'r nit wüßt, was 'r selbstan begangä hat! fragt Air K'wissä!«

»Herr Inspektor! mein Gewissen spricht mich frei, und der, der da recht richtet, auch; was hier geschehen wird, weiß ich nicht.«

»Schwaigt 'r Gottloser! – sagt mer Kerchäältester, was ist Aire Klage?«

»Herr Oberprediger! wir haben's heut vierzehn Tage protokollieren lassen.«

»Arächt 's is wahr!«

»Und dieses Protokoll«, sagte Stilling, »muß ich haben!«

»Was wollt 'r? Nain! sollt's nit habä!«

»C'est contre l'ordre du prince!« versetzte der Präsident, und ging fort.

Der Inspektor diktierte nun und sagte: »Schraibt Sekretär! Hait erschienä N. N. Kerchäältester von Kleefeld, und N. N. ainwahner daselbst, cantra ihren Schoolmaister Stilling. Kläger beziehä sich of variges Protokoll. Der Schoolmaister begährte extractum protocolli, wird 'm aber aus giltigä Ohrsachä abk'schlagä.«

Nun krachte der Inspektor noch ein paarmal auf den Absätzen, stemmte die Hände in die Seiten, und sprach:

»Könnt nu nacher Haus gäh!« Sie gingen alle drei fort.

Gott weiß es, daß die Erzählung wahr, und würklich so passiert ist! Schande wär's für mich, der protestantischen Kirche einen solchen Theologen anzudichten. Schande für mich! wenn Weinhold noch eine gute Seite gehabt hätte. Aber! – Ein jeder junger Theologe spiegele sich doch an diesem Exempel, und denke: wer da will unter euch der größte sein, der sei der geringste.

Stilling war ganz betäubt, er begriff von allem was er gehört hatte, nicht ein Wort. Die ganze Szene war ihm ein Traum, er kam nach Kleefeld ohne zu wissen wie. Sobald er da anlangte, ging er in die Kapelle, und zog die Glocke; dieses war das Zeichen, wenn die Gemeinde in einem außerordentlichen Notfall schleunig zusammenberufen werden sollte. Alle Männer kamen eiligst bei der Kapelle auf einem grünen Platz zusammen. Nun erzählte ihnen Stilling den ganzen Vorfall umständlich. Da sahe man recht, wie die verschiedene Temperamente der Menschen bei einerlei Ursache verschieden wirken; einige rasten, die andern waren launicht, noch andere waren betrübt, und wieder andere waren wohl bei der Sache; diese rückten den Hut aufs Ohr, und riefen: »Kein T... soll uns den Schulmeister nehmen!« Unter all diesem Gewirre hatte sich ein junger Mensch namens Rehkopf weggeschlichen, er setzte im Wirtshaus eine Vollmacht auf, mit diesem Papier in der Hand kam er in die Tür, und rief: »Wer Gott und den Schulmeister liebt, der komme her, und unterschreibe sich!« Da ging nun der ganze Trupp etwa hundert Bauern hinein, und unterschrieben sich. Noch denselbigen Tag ging Rehkopf mit zwanzig Bauern nach Salen und zum Inspektor.

Rehkopf klopfte oder schellte nicht an der Tür des Pfarrhauses, sondern ging gerade hinein, die Bauern hinter ihm her; im Vorhaus begegnete ihm der Knecht. »Wohin? ihr Leute!« rief er: »wart! ich will euch melden!« Rehkopf versetzte: »Geh fülle deine Weinflasche! wir können uns selber melden«; und so klotzten die zweiundvierzig Füße die Treppe hinauf, und gerade ins Zimmer des Inspektors. Dieser saß da im Lehnsessel, er hatte einen damastenen Schlafrock an, eine baumwollene Mütze auf dem Kopf, und eine feine leidische Kappe drüber, dabei trunk er so ganz genüglich seine Tasse Schokolade. Er erschrak, setzte seine Tasse hin und sagte:

»Gott! – ihr Lait – was wallt 'r?«

Rehkopf antwortete: »Wir wollen hören, ob unser Schulmeister ein Mörder, ein Ehebrecher oder ein Dieb ist?«

»Behüt Gott! wer sagt das?«

»Herr! Sie sagen's oder lassen's, Sie behandeln ihn so. Entweder Sie sollen sagen und beweisen, daß er ein Missetäter ist, und in dem Fall wollen wir ihn selber abschaffen; oder Sie sollen uns Genugtuung für seine Schmach geben, und in diesem Fall wollen wir ihn behalten. Sehen Sie hier unsre Vollmacht!«

»Waist ämal her!« Der Inspektor nahm sie, und faßte sie an, als wenn er sie zerreißen wollte. Rehkopf trat hinzu, nahm sie ihm aus der Hand, und sprach: »Herr! lassen Sie sich das vergehn! Sie verbrennen, weiß Gott! die Finger, und ich auch!«

»Ihr trotzt mer in main Haus?«

»Wie Sie's nehmen, Herr! Trotz oder nicht!«

Der Inspektor zog gelindere Saiten auf, und sagte: »Liebä Lait! ihr wißt nit was air Scholmaister vor 'n schlechter Mensch is, laßt mich doch machä!«

»Eben das wollen wir wissen, ob er ein schlechter Mensch ist«, versetzte Rehkopf.

»Schräckliche Dinge! Schräckliche Dinge! hab ich von dem Kärl k'hört.«

»Kann sein! ich hab auch gehört daß der Herr Inspektor sternvoll besoffen gewesen, als er letzthin zu Kleefeld Kapellenvisitation gehalten.«

»Was! Was! wer sagt das? wollt 'r –«

»Still! Still! ich hab's gehört, der Herr Inspektor richtet nach Hörensagen, so darf ich's auch.«

»Wart ich will euch lärnä.«

»Herr! Sie lernen mich nichts, und was das Vollsaufen betrifft: Herr! – ich stund dabei wie Sie auf der andern Seite vom Pferd herunterfielen, als man Sie auf der einen hinaufgehoben hatte. Wir erklären Ihnen hiemit im Namen der Kleefelder Gemeinde, daß wir uns den Schulmeister nicht nehmen lassen, bis er überführt ist, und damit adje!«

Nun gingen sie zusammen nach Haus. Rehkopf ging den ganzen Abend über die Straßen spazieren, hustete und räusperte sich, daß man's im ganzen Dorf hören konnte.

Stilling sahe sich also wiederum ins größte Labyrinth versetzt; er fühlte wohl, daß er abermal würde weichen müssen, und was alsdann auf ihn wartete. Unterdessen kam er doch hinter das ganze Geheimnis seiner Verfolgung.

Der vorige Schulmeister zu Kleefeld war allgemein geliebt gewesen; nun hatte er sich mit einem Mädchen daselbst versprochen, und suchte, um sich besser nähren zu können, mehr Lohn zu bekommen; deswegen als er einen Beruf an einen andern Ort erhielte, so stellte er der Gemeine vor, daß er ziehen würde, wenn man ihm nicht den Lohn erhöhte; er glaubte aber gewiß, man würde ihn um einiges Gelds willen nicht weggehen lassen. Allein es schlug ihm fehl, man ließ ihm Freiheit zu ziehen, und wählte Stilling.

Es ist leicht zu denken, daß die Familie des Mädchens nunmehro alle Kraft anwendete, um Stilling zu stürzen, und dieses bewerkstelligten sie ganz geheim, indem sie den Inspektor mit wichtigen Geschenken das ganze Jahr durch überhäuft hatten, so daß er ohne Urteil und Recht beschloß, ihn wegzujagen.

Einige Tage nach diesem Vorfall, ließ ihn der Präsident ersuchen, zu ihm zu kommen; er ging hin. Der Präsident ließ ihn sitzen und sagte: »Mein Freund Stilling! ich bedaure Euch von Herzen, und ich hab Euch zu mir kommen lassen, um Euch den besten Rat zu geben, den ich weiß. Ich habe gehört, daß Eure Bauern eine Vollmacht aufgesetzt haben, um Euch zu schützen, allein sie wird Euch gar nicht helfen; denn die Sache muß doch im Oberkonsistorium abgetan werden, und da sitzen lauter Freunde und Verwandten des Herrn Inspektors. Ihr gewinnt weiter nichts, als daß er immer bitterer gegen Euch wird, und Euch Euer Vaterland zu eng macht. Wann Ihr also wieder vors Konsistorium kommt, so fordert Euren Abschied.«

Stilling dankte für diesen treuen Rat, und versetzte: »Aber meine Ehre leidet darunter!« Der Präsident erwiderte: »Dafür laßt mich sorgen.« Der Schulmeister versprach dem Rat zu folgen, und ging nach Haus, er sagte aber niemand was er vorhatte.

Als nun wiederum Konsistorium war, so wurde er mit seinen Gegnern vorgeladen; Rehkopf aber ging ungerufen nach Salen hin, und sogar ins Vorzimmer der Konsistorialstube. Stilling kam, und wurde zuerst vorgefordert. Der Präsident winkte ihm seinen Vortrag zu tun. Hierauf fing der Schulmeister an: »Herr Inspektor! ich sehe, daß man mir sucht mein Amt schwer zu machen, ich begehre also aus Liebe zum Frieden meinen ehrlichen Abschied.« Der Inspektor sah ihn heiterlächelnd an und sagte:

»Brav! Schoolmaister! den sollt 'r habä, und ain Attest derzu, das ohnvergleichlich is.«

»Nein, Herr Inspektor! kein Attest. Tief in meiner Seelen ist ein Attest und Ehrenrettung geschrieben, das kein Tod und kein Feuer des Jüngsten Tages auslöschen wird; und das wird dereinst meinen Verfolgern ins Gesicht blitzen, daß sie erblinden möchten.« Dieses sagte Stilling mit glühenden Wangen und funkelnden Augen.

Der Präsident lächelte ihn an, und winkte ihm mit den Augen. Der Inspektor aber tat als hörte er's nicht, sondern lase eine Schrift oder Protokoll durch.

Nun sagte der Präsident lächelnd zum Inspektor: »Verurteilen gehört für Sie, aber für mich die Exekution. Schreibt Sekretär:

Heut erschien der Schulmeister Stilling zu Kleefeld, und begehrte aus Liebe zum Frieden seinen ehrlichen Abschied, der ihm dann auch um dieser Ursache willen zugestanden worden, doch mit dem Beding, daß er gehalten sein soll, im Fall er wiederum berufen werden sollte, oder man ihn sonsten zu Geschäften brauchen wollte, seine herrlichen Talente zum Besten des Vaterlandes zu verwenden.«

»Arächt!« sagte der Inspektor: »No Schoolmaister! damit 'r doch wißt, daß wer rächt hattä, Aich Verwaiße z' gäbä, so sag ich Aich: 'r habt das heiligä Nachtmahl prostituiert. Wie 'r am lätztä gegangä said, habt 'r nach dem K'nuß höhnisch k'lacht.«

Stilling sah ihm ins Gesicht und sagte: »Ob ich gelacht habe, weiß ich nicht, das weiß ich aber wohl, daß ich nicht höhnisch gelacht habe.«

»Men soll auch bai solch ainer heiligä Handlong nit lachä.«

Stilling antwortete: »Der Mensch sieht was vor Augen ist, Gott aber sieht das Herz an. Ich kann nicht sagen, ob ich gelacht habe; ich weiß aber wohl, was profanatio sacrorum ist, und hab's lang gewußt.«

Nun befahl der Präsident, daß seine Gegner hereintreten sollten; sie kamen, und der Sekretär mußte ihnen das eben abgefaßte Protokoll vorlesen. Sie sahen sich an, und schämten sich.

»Habt ihr noch was einzuwenden?« fragte der Präsident. Sie sagten: »Nein!«

»Nun dann«, fuhr der ehrliche Mann fort: »so hab ich noch was einzuwenden: Dem Herrn Inspektor kommt's zu, einen Schulmeister zu bestätigen, wenn ihr einen erwählt habt. Meine Pflicht aber ist's, achtzuhaben, daß Ruhe und Ordnung erhalten werde; deswegen befehl ich euch bei hundert Gulden Strafe, den vorigen Schulmeister nicht zu wählen, sondern einen ganz unparteiischen; damit die Gemeinde wieder ruhig werde.«

Der Inspektor erschrak, sah den Präsident an, und sagte: »Auf die Wais werden die Lait nimmer zur Ruh' kommä.«

»Herr Inspektor!« erwiderte jener, »das gehört ins Forum politicum, und geht Sie nichts an.«

Indessen ließ sich Rehkopf melden. Er wurde hereingelassen. Dieser begehrte das Protokoll zu sehen, im Namen seiner Prinzipalen. Der Sekretär mußte ihm das heutige vorlesen. Rehkopf sahe Stilling an, und fragte ihn: ob das recht wäre? Stilling antwortete: »Man kann nicht immer tun was recht ist, sondern man muß auch wohl zuweilen die Augen zutun, und ergreifen was man kann, und nicht was man will, indessen dank ich Euch tausendmal, rechtschaffener Freund! Gott wird's Euch vergelten!« Rehkopf schwieg eine Weile, endlich fing er an, und sagte: »So protestier ich im Namen meiner Prinzipalen, gegen die Wahl des vorigen Schulmeisters; und begehrte, daß diese Protestation zu Protokoll getragen werde.« »Gut!« sagte der Präsident: »das soll geschehen, ich hab dasselbige auch schon vorhin bei hundert Gulden Strafe verboten.« Nun wurden sie allzusammen nach Haus geschickt, und die ganze Sache geschlossen.

Stilling war also wiederum in seine betrübte Umstände versetzt, er nahm sehr traurig Abschied von seinen lieben Kleefeldern, ging aber nicht nach Haus, sondern zum Herrn Pastor Goldmann, und klagte ihm seine Umstände. Dieser bedauerte ihn von Herzen, und behielt ihn über Nacht bei sich. Des Abends hielten sie Rat zusammen, was Stilling nun wohl am füglichsten vorzunehmen hätte. Herr Goldmann erkannte sehr wohl, daß er bei seinem Vater wenig Freude haben würde, und doch wußte er ihm auch kein anderes Mittel an die Hand zu geben; endlich fiel ihm etwas ein, das sowohl dem Pastor als auch Stillingen angenehm und vorteilhaft vorkam.

Zehn Stunden von Salen liegt ein Städtchen welches Rothhagen heißt; in demselben war der junge Herr Goldmann, ein Sohn des Predigers, Richter. Noch zwo Stunden weiter zu Lahnburg war Herr Schneeberg, Hofprediger bei zweien hohen Prinzessinnen, und dieser war ein Vetter des Herrn Goldmanns. Nun glaubte der ehrliche Mann, wenn er Stillingen mit Empfehlungsschreiben an beide Männer abschicken würde, so könnte es nicht fehlen, sie würden ihm unterhelfen. Stilling hoffte selbsten ganz gewiß, es würde alles nach Wunsch ausschlagen. Die Sache wurde also beschlossen, die Empfehlungsschreiben fertiggemacht, und Stilling reiste des andern Morgens getrost und freudig fort.

Das Wetter war diesen Tag sehr rauh und kalt, dabei war es wegen der kotigen Wege, sehr übel reisen. Doch ging Stilling viel vergnügter seine Straße fort, als wenn er im schönsten Frühlingswetter nach Leindorf zu seinem Vater hätte gehen sollen. Er fühlte eine so tiefe Ruhe in seinem Gemüt, und ein Wohlgefallen des Vaters der Menschen, daß er fröhlich fortwanderte, beständig Dank und feurige Seufzer zu Gott schickte, ob er gleich bis auf die Haut vom Regen durchnetzt war. Schwerlich würd's ihm so wohl gewesen sein, wenn Weinhold recht gehabt hätte.

Des Abends um sieben Uhr kam er müd und naß zu Rothhagen an. Er fragte nach dem Haus des Herrn Richter Goldmanns, und dieses wurde ihm gewiesen; er ging hinein, und ließ sich melden. Der Herr Goldmann kam die Treppe herabgelaufen, und rief: »Ei willkommen Vetter Stilling! Willkommen in meinem Haus!« Er führte ihn die Treppe hinauf. Seine Liebste empfing ihn ebenfalls freundlich, und machte Anstalten, daß er trockene Kleider an den Leib kriegte, und die Seinigen wiederum trocken wurden, hernach setzte man sich zu Tisch. Während dem Essen mußte Stilling seine Geschichte erzählen; als das geschehen war, sagte Herr Goldmann: »Vetter! es muß doch etwas in Eurer Lebensart sein, das den Leuten mißfällt, sonsten wär' es unmöglich so unglücklich zu sein. Ich werde es bald bemerken, wenn Ihr einige Tage bei mir gewesen seid, ich will's Euch dann sagen, und Ihr müßt es suchen abzuändern.« Stilling lächelte und antwortete: »Ich will mich freuen, Herr Vetter! wenn Sie mir meine Fehler sagen, aber ich weiß ganz wohl, wo der Knoten sitzt, und den will ich Ihnen aufknöpfen: Ich lebe nicht in dem Beruf zu welchem ich geboren bin, ich tue alles mit Zwang, und deswegen ist auch kein Segen dabei.«

Goldmann schüttelte den Kopf, und erwiderte: »Ei! Ei! wozu solltet Ihr geboren sein? Ich glaube, Ihr habt Euch durch Euer Romanlesen unmögliche Dinge in den Kopf gesetzt. Die Glücksfälle welche die Phantasie der Dichter ihren Helden andichtet, setzen sich in Kopf und Herz fest, und erwecken einen Hunger nach dergleichen wunderbaren Veränderungen.«

Stilling schwieg eine Weile, sah vor sich nieder; endlich blickt er seinen Vetter durchdringend an, und sagte mit Nachdruck: »Nein! bei den Romanen fühl ich nur, mir ist's als wenn mir alles selbsten widerführe, was ich lese; aber ich hab gar keine Lust solche Schicksale zu erleben. Es ist was anders, lieber Herr Vetter! ich habe Lust zu Wissenschaften, wenn ich nur einen Beruf hätte, in welchem ich mit Kopfarbeit mein Brot erwerben könnte, so wär' mein Wunsch erfüllt.«

Goldmann versetzte: »Nun so untersucht einmal diesen Trieb unparteiisch, ist nicht Ruhm und Ehrbegierde damit verknüpft? habt Ihr nicht süße Vorstellungen davon, wenn Ihr in einem schönen Kleid, und herrschaftlichen Aufzug einhertreten könntet? wenn die Leute sich bücken und den Hut vor Euch abziehen müßten, und wenn Ihr der Stolz und das Haupt Eurer Familie würdet?«

»Ja!« antwortete Stilling treuherzig, »das fühl ich freilich, und das macht mir manche süße Stunde.«

»Recht!« fuhr Goldmann fort: »Aber ist es Euch auch ein wahrer Ernst, ein rechtschaffener Mann in der Welt zu sein, Gott und Menschen zu dienen, und also auch nach diesem Leben selig zu werden? da heuchelt nun nicht, sondern seid aufrichtig, habt Ihr den fest enschlossenen Willen?«

»O ja!« versetzte Stilling: »das ist doch wohl der rechte Polarstern, nach welchem sich endlich, nach vielen Hin- und Hervagieren, mein Geist wie eine Magnetnadel richtet.«

»Nun, Vetter!« erwiderte Goldmann: »Nun will ich Euch Eure Nativität stellen, und die soll zuverlässig sein. Hört mir zu! Gott verabscheut nichts mehr, als den eiteln Stolz, und die Ehrbegierde, seinen Nebenmenschen, der oft besser ist als wir, tief unter sich zu sehen; das ist verdorbene menschliche Natur. Aber Er liebt den Mann, der im stillen und verborgenen zum Wohl der Menschen arbeitet, und nicht wünscht offenbar zu sein. Diesen zieht Er durch Seine gütige Leitung, gegen seinen Willen endlich hervor, und setzt ihn hoch hinauf. Da sitzt dann der rechtschaffene Mann ohne Gefahr gestürzt zu werden, und weilen ihn die Last der Erhöhung niederdrückt, so betrachtet er alle Menschen neben sich, so gut als sich selbsten. Seht, Vetter! das ist wahre edle verbesserte oder wiedergeborne Menschennatur. Nun will ich weissagen was Euch widerfahren wird: Gott wird durch eine lange und schwere Führung alle Eure eitle Wünsche suchen abzufegen; gelingt ihm dieses, so werdet Ihr endlich nach vielen schweren Proben, ein glücklicher großer Mann, und ein vortreffliches Werkzeug Gottes werden! Wenn Ihr aber nicht folgt, so werdet Ihr Euch vielleicht bald hochschwingen, und einen entsetzlichen Fall tun, der allen Menschen die es hören werden, in die Ohren gellen wird.«

Stilling wußte nicht wie ihm ward, alle diese Worte waren als wenn sie Goldmann in seiner Seelen gelesen hätte. Er fühlte diese Wahrheit im Grund seines Herzens, und sagte mit inniger Bewegung und gefallenen Händen: »Gott! Herr Vetter! das ist wahr! ich fühl's so wird's mir gehen.«

Goldmann lächelte, und schloß das Gespräch mit den Worten: »Ich beginne zu hoffen, Ihr werdet endlich glücklich sein.«

Des andern Morgens setzte der Richter Goldmann Stillingen in die Schreibstube, und ließ ihn kopieren; da sah er nun alsofort, daß er sich vortrefflich zu so etwas schicken würde, und wenn die Frau Richterin nicht ein wenig geizig gewesen wäre, so hätte er ihn alsofort zum Schreiber angenommen.

Nach einigen Tagen ging er auch nach Lahnburg. Der Hofprediger war in den nahgelegenen vortrefflichen Tiergarten gegangen. Stilling ging ihm nach, und suchte ihn daselbst auf. Er fand ihn in einem buschichten Gang wandeln, er ging auf ihn zu, überreichte ihm den Brief, und grüßte ihn von den Herren Goldmann Vater und Sohn. Herr Schneeberg kannte Stillingen sobald als er ihn sahe; denn sie hatten sich einmal in Salen gesehen und gesprochen. Nachdem Herr Schneeberg den Brief gelesen hatte, so ersuchte er Stillingen mit ihm bis an Sonnenuntergang spazierenzugehen, und ihm indessen seine ganze Geschichte zu erzählen. Er tat's mit der gewöhnlichen Lebhaftigkeit, so daß der Hofprediger zuweilen die Augen wischte.

Des Abends nach dem Essen sagte Herr Schneeberg zu Stillingen: »Hören Sie, mein Freund! ich weiß ein Etablissement für Sie, und das soll Ihnen verhoffentlich nicht fehlschlagen. Nur eins ist hier die Frage: Ob Sie sich getrauen, denselben mit Ehren zu bedienen?

Die Prinzessinnen haben hier in der Nähe ein ergiebiges Bergwerk, nebst einer dazugehörigen Schmelzhütte. Sie müssen daselbst einen Mann haben, der das Berg- und Hüttenwesen versteht, dabei treu und redlich ist, und überall das Intresse Ihrer Durchlauchten wohl besorgt und in acht nimmt. Der jetzige Verwalter zieht künftiges Frühjahr weg, und alsdann wär' es Zeit diesen vorteilhaften Dienst anzutreten; Sie bekommen da Haus, Hof, Garten und Ländereien frei, nebst dreihundert Gulden jährlichen Gehalt. Hier hab ich also zwo Fragen an Sie zu tun. Verstehn Sie das Berg- und Hüttenwesen hinlänglich, und getrauen Sie sich wohl einen berechneten Dienst zu übernehmen?«

Stilling konnte seine herzliche Freude nicht bergen. Er antwortete: »Was das erste betrifft, ich bin unter Kohlbrennern, Berg- und Hüttenleuten erzogen, und was mir etwa noch fehlen möchte, das kann ich diesen folgenden Winter noch einholen. Schreiben und rechnen, daran wird wohl kein Mangel sein. Das andre: ob ich treu genug sein werde; das ist eine Frage, wo meine ganze Seele ja zu sagt, ich verabscheue jede Untreue wie den Satan selber.«

Der Hofprediger erwiderte: »Ja ich glaube gern, daß es Ihnen an überflüssiger Geschicklichkeit nicht mangeln wird, davon hab ich schon gehört, als ich im salenschen Lande war. Allein Sie sind so sicher in Ansehung der Treue. Diesen Artikel kennen Sie noch nicht. Ich gebe Ihnen zu, daß Sie jede wissentliche Untreue wie den Satan hassen, allein es ist hier eine besondere Art von kluger Treue nötig, die können Sie nicht kennen, weil Sie keine Erfahrung davon haben. Zum Beispiel: Sie stünden in einem solchen Amt, nun ginge Ihnen einmal das Geld auf, Sie hätten etwas in der Haushaltung nötig, hätten's aber selber nicht, und wüßten's auch nicht zu bekommen; würden Sie da nicht an die herrschaftliche Kasse gehen, und das Nötige herausnehmen?«

»Ja!« sagte Stilling: »das würde ich kühn tun, solang ich noch Gehalt zu fordern hätte.«

»Ich geb Ihnen das einsweilen zu«, versetzte Herr Schneeberg; »aber diese Gelegenheit macht endlich kühner, man wird dessen so gewohnt, man bleibt das erste Jahr zwanzig Gulden schuldig, das andere vierzig, das dritte achtzig, das vierte zweihundert, und so fort, bis man entlaufen, oder sich für einen Schelmen setzen lassen muß. Denken Sie nicht, das hat keine Not! – Sie sind gütig von Temperament, da kommen bald vornehme und geringe Leute die das merken. Sie werden täglich mit einer Flasche Wein nicht auskommen, und bloß dieser Artikel nimmt Ihnen jährlich schon hundert Gulden weg, ohne dasjenige was noch dazu gehört, die Kleider für Sie und die Haushaltung auch hundert, nun! – meinen Sie denn mit den übrigen Hunderten noch auszukommen?«

Stilling antwortete: »Dafür muß man sich hüten.«

»Ja!« fuhr der Hofprediger fort: »freilich muß man sich hüten, aber wie würden Sie das anfangen?«

Stilling versetzte, »Ich würde denen Leuten die mich besuchten, aufrichtig sagen: ›Herren oder Freunde! meine Umstände leiden nicht daß ich Wein präsentiere, womit kann ich Ihnen sonsten dienen?‹«

Herr Schneeberg lachte: »Ja«, sagte er, »das geht wohl an, allein es ist doch schwerer als Sie denken. Hören Sie! ich will Ihnen etwas sagen, das Ihnen Ihr ganzes Leben lang nützlich sein wird, Sie mögen in der Welt werden was Sie wollen: Lassen sie Ihren äußern Aufzug und Betragen in Kleidung, Essen, Trinken und Aufführung, immer mittelmäßig bürgerlich sein, so wird niemand mehr von Ihnen fordern, als Ihre Aufführung ausweist; komm ich in ein schön möbliertes Zimmer, bei einen Mann in kostbarem Kleide, so frag ich nicht lang eh', wes Standes er sei, sondern ich erwarte eine Flasche Wein und Konfekt; komm ich aber in ein bürgerlich Zimmer, bei einen Mann in bürgerlichem Kleide, ei so erwarte ich nichts weiter als ein Glas Bier und eine Pfeife Tobak.«

Stilling erkannte die Wahrheit dieser Erfahrung, er lachte und sagte. »Das ist eine Lehre, die ich nie vergessen werde.«

»Und doch, mein lieber Freund!« fuhr der Hofprediger fort, »ist sie schwerer in Ausübung zu bringen, als man denkt. Der alte Adam kitzelt sich so leicht damit, wenn man ein Ehrenämtchen kriegt, o wie schwer ist's alsdann noch immer der alte Stilling zu bleiben! Man heißt nun gerne Herr Stilling, möchte auch gerne so ein schmales goldenes Treßchen an der Weste haben, und das wächst dann so vor und nach, bis man fest sitzt, und sich nicht zu helfen weiß. Nun mein Freund! Punktum. Ich will helfen was ich kann, damit Sie Bergverwalter werden.«

Stilling konnte die Nacht für Freuden nicht schlafen. Er sahe sich schon in einem schönen Hause wohnen, sahe eine Menge schöner Bücher in einer aparten Stube stehen, verschiedene schöne mathematische Instrumente da hangen, mit *einem* Wort, seine ganze Einbildung war schon mit seinem zukünftigen glückseligen Zustand beschäftigt.

Des andern Tages blieb er noch zu Lahnburg. Der Hofprediger gab sich alle Mühe, um gewisse Hoffnung, wegen der bewußten Bedienung, Stillingen mitzugeben, und es gelang ihm auch. Die ganze Sache wurde sozusagen beschlossen, und Stilling ging vor Freude trunken zurück nach Rothhagen zu Vetter Goldmann. Diesem erzählte er die ganze Sache. Herr Goldmann mußte herzlich lachen, als er Stillingen mit solchem Enthusiasmus reden hörte. Als er ausgeredet hatte, fing der Richter an: »O Vetter! Vetter! wo will's doch mit Euch hinaus? – Das ist eine Stelle die Euch Gott im Zorn gibt; wenn Ihr sie bekommt, das ist der gerade Weg zu Eurem gänzlichen Verderben, und das will ich Euch beweisen: sobald Ihr da seid, fangen alle Hofschranzen an Euch zu besuchen, und sich bei Euch lustig zu machen; leidet Ihr das nicht, so stürzen sie Euch sobald sie können, und laßt Ihr ihnen ihre Freiheit, so reicht Euer Gehalt nicht halb zu.«

Stilling erschrak, als er seinen Vetter so reden hörte; er erzählte ihm darauf alle die guten Lehren, die ihm der Hofprediger gegeben hatte.

»Die Prediger kennen das sehr selten«, sagte Herr Goldmann: »Sie moralisieren gut, und ein braver Prediger kann auch in seinem Zirkel gut moralisch leben, aber! aber! wir andern können das so nicht, man führt die Geistlichen nicht so leicht in Versuchung als andere Leute. Sie haben gut sagen! – Hört, Vetter! alle moralische Predigten sind nicht einen Pfifferling wert, der Verstand bestimmt niemalen unsre Handlungen, wenn die Leidenschaften etwas stark dabei interessiert sind, das Herz macht allezeit ein Mäntelchen darum, und überredet uns: schwarz sei weiß! – Vetter! ich sag Euch eine größere Wahrheit, als Freund Schneeberg. Wer nicht dahin kommt, daß das Herz mit einer starken Leidenschaft Gott liebt, den hilft alles Moralisieren ganz und gar nichts. Die Liebe Gottes allein macht uns tüchtig, moralisch gut zu werden. Dieses sei Euch ein Notabene, Vetter Stilling! und nun bitt ich Euch, gebt dem Herrn Bergverwalter seinen ehrlichen Abschied, und bewillkommt die arme Nähnadel mit Freuden, so lang bis Euch Gott hervorziehen wird. Ihr seid mein lieber Vetter Stilling, und wenn Ihr auch nur ein Schneider seid. Summa Summarum! ich will das ganze Ding rückgängig machen, sobald ich nach Lahnburg komme.«

Stilling konnte für Empfindung des Herzens die Tränen nicht einhalten. Es ward ihm so wohl in seiner Seelen, daß er es nicht aussprechen konnte. »Oh!« sagte er: »Herr Vetter! wie wahr ist das! – Woher erlang ich doch Kraft, um meinem teuflischen Hochmut zu widerstehen! – ein, zwei, drei Tage! – und dann bin ich tot. – Was hilft's mich dann, ein großer vornehmer Mann in der Welt gewesen zu sein? – Ja, es ist wahr! – Mein Herz ist die falscheste Kreatur auf Gottes Erdboden, immer mein ich, ich hätte die Absicht nur mit meinen Wissenschaften Gott und dem Nächsten zu dienen – und wahrlich! – es ist nicht wahr! ich will nur gern ein großer Mann werden, gern hoch klimmen, um nur auch tief fallen zu können. – Oh! wo krieg ich Kraft, mich selber zu überwinden?«

Goldmann konnte sich nicht mehr enthalten. Er weinte, fiel Stillingen um den Hals und sagte: »Edler! edler Vetter! seid getrost; dieses treue Herz wird Gott nicht fahrenlassen. Er wird Euer Vater sein. Kraft erlangt man nur durch Arbeit; der Hammerschmied kann einen Zentner Eisen unter dem Hammer hin und her wenden, wie einen leichten Stab, das ist uns beiden unmöglich, so kann ein Mensch der durch Prüfungen geübt ist, mehr überwinden als ein Muttersöhnchen der immer an der Brust saugt, und nichts erfahren hat. Getrost Vetter! freut Euch nur wenn Trübsalen kommen, und glaubt alsdann, daß Ihr auf Gottes Universität seid, der etwas aus Euch machen will.«

Des andern Tages reiste also Stilling getröstet und gestärkt wiederum nach seinem Vaterland. Der Abschied von Herrn Goldmann kostete ihn viele Tränen, er glaubte, daß er der rechtschaffenste Mann sei, den er je gesehen hatte, und ich glaube jetzt auch noch, daß Stilling recht gehabt habe. So ein Mann mag wohl Goldmann heißen; wie er sprach, so handelte er auch; wenn er noch lebt und liest dieses, so wird er weinen, und sein Gefühl dabei wird englisch sein.

Auf der Heimreise nahm sich Stilling fest vor, ruhig am Schneiderhandwerk zu bleiben, und nicht wieder so eitle Wünsche zu hegen; diejenigen Stunden aber die er frei haben würde, wollte er ferner dem Studieren widmen. Doch als er nahe bei Leindorf kam, fühlte er schon wieder die Melancholie anklopfen. Insonderheit fürchtete er die Vorwürfe seines Vaters, so daß er also sehr niedergeschlagen zur Stubentür hereintrat.

Wilhelm saß mit einem Lehrjungen und nähete. Er grüßte seinen Vater und Mutter, setzte sich still hin und schwieg. Wilhelm schwieg auch eine Weile, endlich legte er seinen Fingerhut nieder, schlug die Arme übereinander und fing an:

»Heinrich! ich hab alles gehört, was dir abermals zu Kleefeld widerfahren ist; ich will dir keine Vorwürfe machen; das sehe ich aber klar ein, es ist Gottes Wille nicht, daß du ein Schulmeister werden sollst. Nun gib dich doch einmal ruhig ans Schneiderhandwerk, und arbeite mit Lust. Es findet sich noch so manches Stündchen, wo du deine Sachen fortsetzen kannst.«

Stilling ärgerte sich recht über sich selber, und befestigte seinen Vorsatz den er unterweges gefaßt hatte. Er antwortete deswegen seinem Vater: »Ja Ihr habt ganz recht! ich will beten, daß mir unser Herr Gott die Sinnen ändern möge!« und so setzte er sich hin, und fing wieder an zu nähen. Dieses geschahe vierzehn Tage nach Michaelis, Anno 1760, als er ins einundzwanzigste Jahr getreten war.

Wenn er nun weiter nichts zu tun gehabt hätte, als auf dem Handwerk zu arbeiten, so würde er sich beruhigt und in die Zeit geschickt haben; allein sein Vater stellte ihn auch ans Dreschen. Er mußte den ganzen Winter durch des Morgens früh um zwei Uhr aus dem Bett, und auf die kalte Dreschtenne. Der Flegel war ihm erschrecklich. Er bekam die Hände voller lichter Blasen, und seine Glieder zitterten für Schmerzen und Müdigkeit, allein das half alles nichts, vielleicht hätte sich sein Vater über ihn erbarmt, allein die Mutter wollte haben, daß ein jeder im Hause Brot und Kleider verdienen sollte. Dazu kam noch ein Umstand. Stilling konnte mit dem Schullohn niemals auskommen, denn der ist in dasigen Gegenden, außerordentlich klein; fünfundzwanzig Reichstaler des Jahrs, ist das Höchste, was einer bekommen kann; Speise und Trank geben einem die Bauern um die Reihe. Daher können die Schulmeister alle ein Handwerk, welches sie in den übrigen Stunden treiben, um sich desto besser durchzuhelfen. Das war aber nun Stillings Sache nicht, er wußte in der übrigen Zeit weit was Angenehmeres zu verrichten; dazu kam noch, daß er zuweilen ein Buch oder sonst etwas kaufte, das in seinen Kram diente, daher geriet er in dürftige Umstände, seine Kleider waren schlecht und abgetragen, so daß er aussahe als einer der gern will und nicht kann.

Wilhelm war sparsam, und seine Frau in einem noch höhern Grad; dazu bekam sie verschiedene Kinder nacheinander, so daß der Vater Mühe genug hatte, sich und die Seinigen zu nähren. Nun glaubte er, sein Sohn wäre groß und stark genug, sich seine Notdurft selbsten zu erwerben. Als das nun so nicht recht fort wollte wie er dachte, so wurde der gute Mann traurig, und fing an zu zweifeln, ob sein Sohn auch wohl endlich gar ein liederlicher Taugenichts werden könnte. Er fing an ihm seine Liebe zu entziehen, fuhr ihn rauh an, und zwang ihn alle Arbeit zu tun, es mochte ihm sauer werden oder nicht. Dieses war nun vollends der letzte Stoß, der Stillingen noch gefehlt hatte. Er sahe daß er's auf die Länge nicht aushalten würde; ihm grauete für seines Vaters Haus, deswegen suchte er Gelegenheit bei andern Schneidermeistern als Geselle zu arbeiten, und dieses ließ sein Vater gern geschehen.

Doch kamen auch zuweilen noch freudige Blicke dazwischen. Johann Stilling wurde wegen seiner großen Geschicklichkeit in der Geometrie, Markscheidekunst und Mechanik, und wegen seiner

Treue fürs Vaterland, zum Kommerzien-Präsidenten gemacht, deswegen übertrug er seinem Bruder die Landmesserei, welche Wilhelm auch aus dem Grunde verstund. Wenn er nun einige Wochen ins Märkische ging, um Büsche, Berge, und Güter zu messen und zu teilen, so nahm er seinen Sohn mit, und dieses war so recht nach Stillings Sinn. Er lebte dann in seinem Element, und sein Vater hatte Freude daran, daß sein Sohn bessere Einsichten davon hatte, als er selber. Dieses gab oftmalen zu allerhand Gesprächen und Projekten Anlaß, welche beide in der Einöde zusammen wechselten. Indessen war alles fruchtlos, und bestund in bloßen leeren Worten. Öfters beobachteten ihn Leute die in großen Geschäften stunden, und die wohl jemand gebraucht hätten. Diese bewunderten seine Geschicklichkeit, allein sein schlechter Aufzug mißfiel einem jeden der ihn sah, und man urteilte ingeheim von ihm, er müßte wohl ein Lump sein. Das merkte er wohl und es brachte ihm unerträgliche Leiden. Er liebte selber ein reinliches ehrbares Kleid über die Maßen, allein sein Vater konnte ihn nicht damit versehen, und ließ ihn darben.

Diese Zeiten waren kurz und vorübergehend; sobald er wieder nach Hause kam, so ging das Elend wieder an. Stilling machte sich alsdann bald wieder bei einen fremden Meister, um dem Joch zu entgehen. Doch reichte sein Verdienst lange nicht zu, um sich ordentlich zu kleiden.

Einsmals kam er nach Hause. Er hatte auf einem benachbarten Dorf gearbeitet, und wollte etwas holen; er dachte an nichts Widriges, und trat deswegen freimütig in die Stube. Sein Vater sprang auf, sobald er ihn sahe, griff ihn und wollte ihn zur Erde werfen, Stilling aber ergriff seinen Vater an beiden Armen, hielt ihn, so daß er sich nicht regen konnte, und sah ihm mit einer Miene ins Gesicht, die einen Felsen hätte spalten können. Und wahrlich, wenn er jemalen die Macht der Leiden in all ihrer Kraft auf sein Herz hat stürmen sehen, so war es in diesem Zeitpunkte. Wilhelm konnte diesen Blick nicht ertragen, er suchte sich loszureißen; allein er konnte sich nicht regen; die Arme und Hände seines Sohns waren fest wie Stahl, und konvulsivisch geschlossen. »Vater!« sprach er sanftmütig und durchdringend: »Vater! – Euer Blut fleußt in meinen Adern, und das Blut – das Blut eines seligen Engels – reizt mich nicht zur Wut! – ich verehre Euch – ich lieb Euch – aber! –« Hier ließ er seinen Vater los, sprang gegen das Fenster, und rief: »Ich möchte schreien, daß die Erdkugel an ihrer Achse bebte, und die Sterne zitterten!« – Nun trat er seinem Vater wieder näher, und sprach mit sanfter Stimme: »Vater! was hab ich getan, was strafwürdig ist?« – Wilhelm hielt beide Hände vors Gesicht, schluckste und weinte. Stilling aber ging in einen abgelegenen Winkel des Hauses, und heulte laut.

Des Morgens früh packte Stilling seinen Bündel, und sagte zu seinem Vater: »Ich will außer Land auf mein Handwerk reisen, laßt mich im Frieden ziehen!« und die Tränen schossen ihm wieder die Wangen herunter. »Nein«, sagte Wilhelm: »ich laß dich jetzt nicht ziehen«, und weinte auch. Stilling konnte das nicht ertragen, und blieb. Dieses geschah 1761 im Herbst.

Kurz hernach fand sich zu Florenburg ein Schneidermeister, der Stillingen auf einige Wochen in Arbeit verlangte. Er ging hin, und half dem Mann nähen. Des folgenden Sonntags ging er nach Tiefenbach, um seine Großmutter zu besuchen. Er fand sie am gewohnten Platz hinter dem Ofen sitzen. Sie erkannte ihn bald an der Stimme, denn sie war starblind und konnte ihn also nicht sehen. »Heinrich!« sagte sie: »Komm, setze dich hier neben mich!« Stilling tat das. »Ich habe gehört«, fuhr sie fort, »daß dich dein Vater hart hält, ist wohl deine Mutter schuld daran?« »Nein!« sagte Stilling, »sie ist nicht schuld daran, sondern meine betrübte Umstände.«

»Hör!« sagte die ehrwürdige Frau: »es ist dunkel um mich her, aber in meinem Herzen ist's desto lichter; ich weiß es wird dir gehen, wie einer gebärenden Frau, mit vielen Schmerzen mußt du gebären was aus dir werden soll. Dein seliger Großvater sah das alles voraus. Ich denk mein Lebtag daran, wir lagen einmal des Abends auf dem Bett, und konnten nicht schlafen. Da sprachen wir dann so von unsern Kindern, und auch von dir, dann du bist mein Sohn und ich habe dich erzogen. ›Ja!‹ sagte er: ›Margrethe! wenn ich doch noch erleben möchte, was aus dem Jungen wird. Ich weiß nicht! – Wilhelm – wird noch in die Klemme kommen, so stark als er jetzt das Christentum treibt, wird er's nicht ausführen, er wird ein frommer ehrlicher Mann bleiben, aber er wird noch was erfahren. Denn er spart gern, und hat Lust zu Geld und Gut. Er wird wieder heiraten, und dann werden seine gebrechliche Füße dem Kopf nicht folgen können. Aber der Junge! der Junge! der liebt nicht Geld und Gut, sondern Bücher, und davon läßt sich's im Bauernstand nicht leben. Wie die beiden zusammen stallen werden, weiß ich nicht! – Aber der Junge wird doch am Ende glücklich sein, das kann nicht fehlen. Wenn ich eine Axt mache, so will ich damit hauen; und wozu unser Herr Gott einen Menschen schafft, dazu will er ihn brauchen.‹«

Stillingen war's als wenn er im dunklen Heiligtum gesessen, und ein Orakel gehört hätte, er war als wenn er entzückt wäre und aus der dunkeln Gruft seines Großvaters die gewohnte Stimme sagen hörte: »Sei getrost, Heinrich! der Gott deiner Väter wird mit dir sein!«

Nun redete er noch ein und anderes mit seiner Großmutter. Sie vermahnte ihn geduldig und großmütig zu sein, er versprach's mit Tränen und nahm Abschied von ihr. Als er vor die Tür kam, übersah er seine alte romantische Gegenden; die Herbstsonne schien so hell und schön darüber hin; und da es noch früh am Tage war, so beschloß er alle diese Orter noch einmal zu besuchen, und über das alte Schloß nach Florenburg zurückzufahren. Er ging also den Hof hinauf, und in den Wald; er fand noch alle die Gegenden wo er so viele Süßigkeiten genossen hatte, aber der eine Strauch war verwachsen, und der andere ausgerottet; das tat ihm leid. Er spazierte langsam den Berg hinauf bis aufs Schloß, auch da waren viele Mauern umgefallen, die in seiner Jugend noch gestanden hatten; alles war verändert; nur der Holunderstrauch auf dem Wall westwärts stund noch.

Er stellte sich auf die höchste Spitze zwischen die Ruinen, er konnte da über alles hinwegsehen. Nun überschaute er den Weg von Tiefenbach nach Zellberg. Ihm traten all die schöne Morgen vor seine Seele, mit ihrem herrlichen Genuß, den er die Strecke herauf empfunden hatte. Nun blickte er nordwärts in die Ferne, und sahe einen hohen blauen Berg; er erkannte, daß dieser Berg nah bei Dorlingen war; nun traten ihm alle dortige Szenen klar vors Gemüt, sein Schicksal auf der Rauchkammer, und alles andere was er da gelitten hatte. Nun sah er westwärts die Leindorfer Wiesen in der Ferne liegen, er fuhr zusammen, und es schauerte ihm in allen Gliedern. Südwärts sah er die Preisinger Berge mit der Heide, wo Anna ihr Lied sung. Südwestwärts fielen ihm die Kleefelder Gefilde in die Augen, und mit einemmal überdachte er sein kurzes und mühseliges Leben. Er sunk auf die Knie, weinte laut, und betete feurig zum Allmächtigen um Gnade und Erbarmen. Nun stund er auf, seine Seele schwomm in Empfindungen und Kraft; er setzte sich neben den Holunderstrauch, nahm seine Schreibtafel aus der Tasche und schrieb:

Hört ihr lieben Vögelein,
Eures Freundes stille Klagen!
Hört ihr Bäume groß und klein
Was euch meine Seufzer sagen!
Welke Blumen horchet still,
Was ich jetzo singen will!

Mutter-Engel! wallst du nicht,
Hier auf diesen Grasesspitzen?
Weilst du wohl beim Mondenlicht
Glänzend an den Rasensitzen?
Wo dein Herz sich so ergoß,
Als dein Blut noch in mir floß.

Schaut wohl dein verklärtes Aug',
Diese matte Sonnenstrahlen?
Blickst du aus dem Lasurblau,
Das so viele Stern' bemalen,
Wohl zuweilen auf mich hin,
Wenn ich bang und traurig bin?

Oder schwebst du um mich her,
Wenn ich oft in trüben Stunden
Da mir war das Herz so schwer,
Einen stillen Kuß empfunden?
Trank ich dann nicht Himmelslust,
Aus der sel'gen Mutterbrust?

Auf dem sanften Mondesstrahl,
Fährst du ernst und still von hinnen,
Lenkst den Flug zum Sternensaal,
An den hohen Himmelszinnen,
Wird dein Wagen weißlichtblau
Zu dem schönsten Morgentau.

Vater Stillings Silberhaar,
Kräuselt sich im ew'gen Winde,
Und sein Auge sternenklar,
Sieht sein Dortchen sanft und linde,
Wie ein goldnes Wölkchen ziehn
Und der fernen Welt entfliehn.

Hoch und stark geht er daher,
Höret seines Lieblings Leiden,
Wie ihm wird das Leben schwer,
Wie ihn fliehen alle Freuden.
Tief sich beugend blickt er dann
Dort das Priesterschildlein an.

Licht und Recht strahlt weit und breit,
Vater Stilling sieht mit Wonne,
Wie nach schwerer Prüfungszeit,
Glänzt die unbewölkte Sonne,
Die versöhnte Königin,
Auf des Lieblings Scheitel hin.

Vergnügt stund nun Stilling auf, und steckte seine Schreibtafel in die Tasche. Er sahe, daß der Rand der Sonnen auf den sieben Bergen zitterte. Es schauerte etwas um ihn her, er fuhr zusammen, und eilte fort, ist auch seitdem nicht wieder dahin gekommen.

Er hatte jetzt die wenige Wochen welche er zu Florenburg war, eine sehr sonderbare Gemütsbeschaffenheit. Er war traurig, aber mit einer so zärtlichen Süßigkeit vermischt, daß man wünschen sollte, auf solche Weise traurig zu sein. Die Quellen von diesem seltsamen Zustand hat er nie entdecken können. Doch glaub ich die häuslichen Umstände seines Meisters trugen viel dazu bei; es war eine so ruhige Harmonie in diesem Hause; was einer wollte, das wollte auch der andere. Dazu hatte er auch eine große wohlgezogene Tochter, die man mit Recht unter die größten Schönheiten des ganzen Landes zählen mußte. Diese sung unvergleichlich, und konnte einen Vorrat von vielen schönen Liedern.

Stilling spürte, daß er mit diesem Mädchen sympathisierte, und sie auch mit ihm, doch ohne Neigung sich zu heiraten. Sie konnten stundenlang zusammensetzen und singen, oder sich etwas erzählen, ohne daß etwas Vertraulichers mit unterlief, als bloß zärtliche Freundschaft. Was aber endlich daraus hätte werden können, wenn dieser Umgang lange gedauert hätte, das will ich nicht untersuchen. Indessen genoß doch Stilling vor die Zeit manche vergnügte Stunde; und dieses Vergnügen würde vollkommener gewesen sein, wenn er nicht nötig gehabt hätte, wieder zurück nach Leindorf zu gehen.

An einem Sonntag abend saß Stilling mit Lieschen (so hieß das Mädchen) am Tisch und sungen zusammen. Ob nun das Lied einigen Eindruck auf sie machte, oder ob ihr sonst etwas Trauriges einfiel, weiß ich nicht; sie fing herzlich an zu weinen. Stilling fragte sie, was ihr fehlte? Sie sagte aber nichts, sondern stund auf und ging fort, kam auch diesen Abend nicht wieder. Sie blieb von der Zeit an melancholisch, ohne daß Stilling damals gewahr wurde, warum. Diese Veränderung machte ihm Unruhe, und zu einer andern Zeit, da sie beide wiederum allein waren, setzte er so hart an sie, daß sie endlich folgendergestalt anfing:

»Heinrich, ich kann und darf dir nicht sagen, was mir fehlt, ich will dir aber etwas erzählen: Es war einmal ein Mädchen, das war gut und fromm, und hatte keine Lust zu unzüchtigen Leben; aber sie hatte ein zärtliches Herz, auch war sie schön und tugendsam.

Diese ging an einem Abend auf ihrer Schlafkammer ans Fenster stehen, der Vollmond schien so schön in den Hof, es war Sommer, und alles draußen so still. Sie bekam Lust, noch ein wenig herauszugehen. Sie ging still zur Hintertür hinaus in den Hof, und aus dem Hof in die Wiese die daran stieß. Hier setzte sie sich unter eine Hecke in den Schatten, und sung mit leiser Stimme: ›Weicht quälende Gedanken!‹ (Dieses war eben das Lied, welches Lieschen den Sonntag abend mit Stilling sung, als sie so außerordentlich traurig wurde.) Nachdem sie ein paar Verse gesungen hatte, kam ein wohlbekannter Jüngling bei sie, der grüßte sie, und fragte: Ob sie wohl ein klein wenig mit ihm die Wiesen herunter spazieren wollte? Sie tat's nicht gern, doch als er sie sehr nötigte, so ging sie mit. Als sie nun eine Strecke zusammen gewandelt hatten, so wurde dem Mädchen auf einmal alles fremd. Sie befand sich in einer ganz unbekannten Gegend, der Jüngling aber stund lang und weiß neben ihr, wie ein Toter der auf der Bahre liegt, und sah sie erschrecklich an. Das Mädchen wurde todbange, und sie betete recht herzlich, daß ihr doch der liebe Gott gnädig sein möchte. Nun drehete sie der Jüngling auf einmal mit dem Arm herum, und sprach mit hohler Stimme: ›Da sieh wie es dir ergehen wird!‹ Sie sahe vor sich hin eine Weibsperson stehen, welche ihr selbsten sehr ähnlich oder wohl gar gleich war; sie hatte alte Lumpen anstatt der Kleider um sich hangen, und ein kleines Kind auf dem Arm, welches ebenso ärmlich aussehe. ›Sieh!‹ sagte der Geist ferner! ›das ist schon das dritte unehliche Kind das du haben wirst.‹ Das Mädchen erschrak und sunk in Ohnmacht. Als sie wieder zu sich selber kann, da lag sie in ihrem Bett und schwitzte vor Angst, sie glaubte aber sie hätte geträumt. Siehe, Heinrich! das liegt mir immer so im Sinn, und deswegen bin ich traurig.« Stilling setzte hart an sie mit Fragen, ob ihr das nicht selbsten passiert wäre? Allein sie leugnete es beständig, und bezeugte daß es eine Geschichte wäre, die sie hätte erzählen hören.

Die traurige Lebensgeschichte dieser bedauernswürdigen Person hat es endlich ausgewiesen, daß sie diese schreckliche Ahndung selber muß gehabt haben; und nun läßt es sich leicht begreifen, warum sie damals so melancholisch geworden. Ich übergehe ihre Historie aus wichtigen Gründen, und sage nur so viel: Sie beging ein Jahr hernach eine kleine ganz wohl zu entschuldigende Torheit; diese war der erste Schritt zu ihrem Fall, und dieser die Ursache ihrer folgenden schweren und betrübten Schicksale. Sie war eine edle Seele, begabt mit vortrefflichen Leibes- und Geistesgaben; nur ein Hang zur Zärtlichkeit, mit etwas Leichtsinn verbunden, war die entfernte Ursache ihres Unglücks. Aber ich glaube: Ihr Schmelzer wird sitzen, und sie wie Gold im Feuer läutern, und wer weiß ob sie nicht dermaleins heller glänzen wird als ihre Richter, die ihr das Heiraten verboten, und wann sie dann ein Kind von ihrem verlobten Bräutigam zur Welt brachte, so mußte sie mit dem Merkzeichen einer Erzhure am Pranger stehen. Wehe den Gesetzgebern, welche! – doch ich muß einhalten, ich werde nichts bessern, wohl aber die Sache verschlimmern. Noch ein Weh mit einem Fluch. Weh den Jünglingen! welche ein armes Mädchen bloß als ein Werkzeug der Wollust ansehen, und verflucht sei der vor Gott und Menschen, der ein gutes frommes Kind zu Fall bringt, und sie hernach im Elend verderben läßt!

Herr Pastor Stollbein hatte indessen Stillingen zu Florenburg entdeckt, und er ließ ihn rufen, als er die letzte Woche daselbst bei seinem Meister war. Er ging hin. Stollbein saß in seinem Sessel und schrieb. Stilling stellte sich hin, mit dem Hut unter dem Arm.

»Wie geht's? Stilling!« fragte der Prediger.

»Mir geht's schlecht, Herr Pastor! gerad wie der Taube Noä, die nicht fand wo ihr Fuß ruhen konnte.«

»So geh in den Kasten!«

»Ich kann die Tür nicht finden.«

Stollbein lachte herzlich, und sagte: »Das kann wohl sein. Euer Vater und Ihr nahmet's mir gewiß übel, als ich Eurem Ohm Simon sagte: Ihr solltet nähen, denn kurz darauf ginget Ihr ins Preußische, und wolltet dem Pastor Stollbein zu Trotz schulhalten. Ich hab's wohl gehört, wie's gegangen hat. Nun da Ihr lang herumgeflattert habt, und die Tür nicht finden könnt, so ist's wieder an mir, daß ich Euch eine zeige.«

»O Herr Pastor!« sagte Stilling: »Wenn Sie mir zur Ruhe helfen können, so will ich Sie lieben als einen Engel, den Gott zu meiner Hülfe gesandt hat.«

»Ja, Stilling! jetzt ist Gelegenheit vorhanden, zu welcher ich Euch von Jugend auf bestimmt hatte, warum ich darauf trieb, daß Ihr Latein lernen solltet, und warum ich so gern sahe, daß Ihr am Handwerk bliebet, als es zu Zellberg nicht mit Euch fort wollte. Ich haßte darum daß Ihr bei Krüger waret, weilen Euch der gewiß vor und nach auf seine Seite und von mir ab würde gezogen haben, ich durfte aber auch nicht sagen, warum ich so mit Euch verfuhr, ich meinte es aber gut. Wärt Ihr am Handwerk geblieben, so hättet Ihr jetzt Kleider auf dem Leib, und so viel Geld in der Hand, um Euch helfen zu können. Und was hätte es Euch dann geschadet, es ist ja jetzt noch früh genug für Euch, um glücklich zu werden. Hört! die hiesige lateinische Schule ist vakant, Ihr sollt hier Rektor werden; Ihr habt Kopf genug, dasjenige bald einzuholen, was Euch etwa noch an Wissenschaften und Sprachen fehlen könnte.«

Stillings Herz erweiterte sich. Er sah sich gleichsam aus einem finstern Kerker in ein Paradies versetzt. Er konnte nicht Worte genug finden, dem Pastor zu danken; wiewohl er doch einen heimlichen Schauer fühlte, wieder eine Schulbedienung anzutreten.

Herr Stollbein fuhr indessen fort: »Nur ein Knoten ist hier aufzulösen. Der hiesige Magistrat muß dazu disponiert werden, ich habe schon ingeheim gearbeitet, die Leute sondiert, und sie geneigt für Euch gefunden. Allein Ihr wißt, wie's hier gestellt ist, sobald ich nur anfange etwas Nützliches durchzusetzen, so halten sie mir gerade deswegen das Widerspiel, weilen ich der Pastor bin; deswegen müssen wir ein wenig simulieren, und sehen wie sich das Ding schicken wird. Bleibt ihr nur ruhig an Eurem Handwerk, bis ich Euch sage, was Ihr tun sollt.«

Stilling war zu allem willig, und ging wieder auf seine Werkstatt.

Vor Weihnachten hatte Wilhelm Stilling sehr viele Kleider zu machen, daher nahm er seinen Sohn bei sich, damit er ihm helfen möchte. Kaum war er einige Tage wieder zu Leindorf gewesen, als ein vornehmer Florenburger der Gerichtsschöffe Keilhof zur Stubentür hineintrat. Stillingen blühte eine Rose im Herzen auf, ihm ahndete ein glücklicher Wechsel.

Keilhof war Stollbeins größter Feind; nun hatte er eine heimliche Bewegung gemerkt, daß man damit umginge, Stillingen zum Rektor zu wählen, und dieses war so recht nach seinem Sinn. Da er nun gewiß glaubte, der Pastor würde ihnen mit aller Macht zuwider sein, so hatte er schon seine Maßregeln genommen, um die Sache desto mächtiger durchzusetzen. Deswegen stellte er Wilhelmen und seinem Sohn die Sache vor, und hielte darum an: daß Stilling auf Neujahr bei ihn ins Haus ziehen, und mit seinen Kindern eine Privatinformation in der lateinischen Sprache vornehmen möchte. Die andern Florenburger Bürger würden alsdann vor und nach ihre Kinder zu ihm schicken, und die Sache würde sich so zusammenketten, daß man sie auch gegen Stollbeins Willen würde durchsetzen können.

Diese Absicht war höchst ungerecht; denn der Pastor hatte die Aufsicht über die lateinische, wie über alle andere Schulen in seinem Kirchspiel, und also bei jeder Wahl auch die erste Stimme.

Stilling wußte die geheime Liegenheit der Sache. Er freute sich, daß sich alles so gut schickte. Doch durfte er die Gesinnung des Predigers nicht entdecken damit Herr Keilhof nicht alsbald seinen Vorsatz ändern möchte. Die Sache wurde also auf die Weise beschlossen.

Wilhelm und sein Sohn glaubten nunmehro gewiß, daß das Ende aller Leiden da sei. Denn die Stelle war ansehnlich und einträglich, so daß er ehrlich leben konnte, wenn er auch heiraten würde. Selbsten die Stiefmutter fing an sich zu freuen; denn sie liebte Stillingen würklich, nur daß sie nicht wußte, was sie mit ihm machen sollte; sie fürchtete immer er verdiene Kost und Trank nicht, geschweige die Kleider; doch was das letzte betrifft, so war er ihr darinnen noch nie beschwerlich gewesen, denn er hatte kaum die Notdurft.

Er zog also auf Neujahr 1762 nach Florenburg bei dem Schöffen Keilhof ein, und fing seine lateinische Information an. Als er einige Tage da gewesen war, tat ihm Herr Stollbein ingeheim zu wissen, er möchte einmal zu ihm kommen, doch so daß es niemand gewahr würde. Dieses geschah auch an einem Abend in der Dämmerung. Der Pastor freute sich von Herzen, daß die Sachen eine solche Wendung nahmen. »Gebt acht!« sagte er zu Stilling, »wenn sie sich wegen Eurer einmal eins sind, und alles reguliert haben, so müssen sie doch zu mir kommen, und meine Einwilligung holen. Weil sie nun immer gewohnt sind dumme Streiche zu machen, so sind sie auch gewohnt, daß ich ihnen allezeit konträr bin. Wie werden sie auf spitzige Stichelreden studieren? – und wenn sie dann hören werden, daß ich mit ihnen einer Meinung bin, so wird sie's würklich reuen, daß sie Euch gewählt haben, allein dann ist's zu spät. Haltet Euch ganz ruhig, und seid nur brav und fleißig, so wird's gutgehen.«

Indessen fingen die Florenburger an, des Abends nach dem Essen zum Schöffen Keilhof zu kommen, und sich zu beratschlagen, wie man die Sache am besten angreifen möchte, um auf alle Fälle gegen den Pastor gerüstet zu sein. Stilling hörte das alles, und öfters mußte er hinausgehen, um durch Lachen der Brust Luft zu machen.

Unter denen die bei Keilhof kamen, war ein gar sonderlicher Mann, ein Franzos von Geburt, der hieß Gayet. So wie nun niemand wußte, wo er eigentlich her war, desgleichen ob er lutherisch oder reformiert war, und warum er des Sommers ebensowohl wollene Oberstrümpfe mit Knöpfen an den Seiten trug, als des Winters; wie auch, woher er an das viele Geld kam das er immer hatte, so wußte auch niemalen jemand mit welcher Partie er's hielte. Stilling hatte diesen wunderlichen Heiligen schon kennengelernt, als er in die lateinische Schule ging. Gayet konnte niemand leiden, der ein Werkeltagsmensch war; Leute mit denen er umgehen sollte, mußten Feuer und Trieb nach Wahrheit und Erkenntnis in sich haben; wenn er so jemand fand, dann war er offen und vertraulich. Da er nun zu Florenburg niemand von der Art wußte, so machte er sich ein Pläsier daraus, sie alle zusammen, den Pastor mitgerechnet, zum Narren zu haben. Stilling aber hatte ihm von jeher gefallen, und nun da er erwachsen und Informator bei Keilhof war, so kam er oft hin, um ihn zu besuchen. Dieser Gayet saß auch wohl des Abends da und hielte Rat mit den andern; dieses war aber nie sein Ernst, sondern nur, seine Freude an ihnen zu haben. Einsmals, als ihrer sechs bis acht recht ernstlich an der Schulsache überlegten, fing er an: »Hört ihr Nachbarn, ich will euch was erzählen! Als ich noch mit dem Kasten auf dem Rücken langs die Türen ging und Hüte feil trug, so komm ich auch von ungefähr einmal ins Königreich Siberien, und zwar in die Hauptstadt Emugi; nun war der König eben gestorben, und die Reichsstände wollten einen andern wählen. Nun war aber ein Umstand dabei, worauf alles ankam; das Reich Kreuzspinnland grenzt an Siberien, und beide Staaten haben sich seit der Sündflut her immer in den Haaren gelegen, bloß aus der Ursache: Die Siberier haben lange in die Höh' stehende Ohren, wie die Esel, und die Kreuzspinnländer haben Ohrlappen die bis auf die Schulter hangen. Nun war von jeher Streit unter beiden Völkern; jedes wollte behaupten, Adam hätte Ohren gehabt wie sie. Deswegen mußte in beiden Ländern immer ein rechtgläubiger König erwählt werden; das beste Zeichen davon war, wenn jemand gegen die andere Nation einen unversöhnlichen Haß hatte. Als ich nun da war, so hatten die Siberier einen vortrefflichen Mann im Vorschlag, den sie nicht so sehr wegen seiner Rechtgläubigkeit als vielmehr wegen seiner vortrefflichen Gaben zum König machen wollten. Nur er hatte hoch in die Höhe stehende Ohren, und auch herabhangende Ohrlappen, er trug also in dem Fall auf beiden Schultern; das wollte zwar vielen nicht gefallen, doch man wählte ihn. Nun beschloß der Reichsrat, daß der König mit der wohlgeordneten hochohrichten Armee gegen den langohrichten König zu Felde ziehen sollte; das geschah. Allein, was das einen Alarm gab! – Beide Könige kamen ganz friedlich zusammen, gaben sich die Hände und hießen sich Brüder. Alsofort setzte man den König mit den Zwitterohren wieder ab, und schnitte ihm die Ohren ganz weg, nun konnt' er laufen.«

Der Bürgermeister Scultetus nahm seine lange Pfeife aus dem Mund, und sagte: »Der Herr Gayet ist doch weit in der Welt umher gewesen.« »Ja wohl!« sagte ein anderer, »aber ich glaube er gibt uns einen Stich; er will damit sagen, wir wären alle zusammen Esel.« Schöffe Keilhof aber lachte, blinkte Herrn Gayet heimlich an, und sagte ihm ins Ohr: »Die Narren verstehen nicht, daß Sie den Pastor und sein Konsistorium damit meinen.« Stilling aber, der ein guter Geographus war, und überhaupt die ganze Fabel wohl verstund, lachte recht herzlich und schwieg. Gayet sagte Keilhof wieder ins Ohr, »Sie haben's so halb und halb erraten.«

Nachdem man nun glaubte, sich in gehörige Sicherheit gesetzt zu haben, so schickte man um Fastnacht eine Deputation an den Pastor ab; Schöffe Keilhof ging selbst mit, denn der mußte das Wort führen. Stillingen wurde Zeit und Weile lang, bis sie wiederkamen, um zu hören, wie die Sache abgelaufen wäre. Er hörte es auch von Wort zu Wort. Keilhof hatte den Vortrag getan.

»Herr Pastor! wir haben uns einen lateinischen Schulmeister ausgesucht, wir kommen her, um es Ihnen anzukündigen.«

»Ihr habt mich aber nicht eh' gefragt, ob ich den auch haben will, den Ihr ausgesucht habt.«

»Davon ist die Frage nicht, die Kinder sind unser, die Schul' ist unser, und auch der Schulmeister.«

»Aber welcher unter Euch versteht wohl soviel Latein, um einen solchen Schulmeister zu prüfen, ob er auch zu dem Amte nutzt?«

»Dazu haben wir unsre Leute.«

»Der Fürst aber sagte: Ich soll der Mann sein, der den hiesigen Rektor examinieret und bestätiget, versteht Ihr mich!«

»Deswegen kommen wir ja auch her.«

»Nun dann! ohne Weitläuftigkeit! – ich hab auch einen ausgesucht der gut ist, – und das ist – der bekannte Schulmeister Stilling!«

Keilhof und seine Leute sahen sich an. Stollbein aber stund und lächelte mit Triumph, und so schwieg man eine Weile und sagte gar nichts.

Keilhof erholte sich endlich, und sagte: »Nun denn so sind wir ja einer Meinung!«

»Ja, Schöffe Starrkopf! wir wären denn doch endlich einmal einer Meinung! bringt Euren Schulmeister her! ich will ihn bestätigen, und einsetzen.«

»So weit sind wir noch nicht, Herr Pastor! wir wollen ein eignes Schulhaus vor ihn haben, und die lateinische Schule von der teutschen seperieren.«

(Denn beide Schulen waren vereiniget, jeder Schulmeister bekam das halbe Gehalt, und der lateinische half dem teutschen in den übrigen Stunden.)

»Gott verzeih mir meine Sünde! da säet doch der Teufel wieder sein Unkraut. Wo soll Euer Rektor denn von leben?«

»Das ist wiederum unsre Sache und nicht die Ihrige.«

»Hört Schöffe Keilhof! Ihr seid ein recht dummer Kerl! ein Vieh, so groß als eins auf Gottes Erdboden geht, schert Euch nach Haus!«

»Was? Ihr – Ihr – scheltet mich?«

»Geht großer Narr! Ihr sollt nun Euren Stilling nicht haben, so wahr ich Pastor bin!« und damit ging er in sein Kabinett, und schloß die Tür hinter sich zu.

Noch eh' der Schöffe nach Haus kam, erhielt Stilling Ordre nach dem Pfarrhaus zu kommen; er ging und dachte nicht anders als er würde nun zum Rektor eingesetzt werden. Allein, wie erschrak er nicht, als ihn Stollbein folgendergestalt anredete:

»Stilling! Eure Sache ist nichts. Wenn Ihr nicht ins größte Elend, in Hunger und Kummer geraten wollt, so meliert Euch nicht weiter mit den Florenburgern.«

Und hierauf erzählte ihm der Pastor alles was vorgefallen war. Stilling nahm mit größter Wehmut Abschied vom Pastor. »Seid zufrieden!« sagte Herr Stollbein: »Gott wird Euch noch segnen, und glücklich machen, bleibt nur an Eurem Handwerk, bis ich euch sonsten anständig versorgen kann.«

Die Florenburger wurden indessen bös auf Stillingen, weil er, wie sie glaubten, heimlich mit dem Pastor gepflügt hatte. Sie verließen ihn also auch, und wählten einen andern. Herr Stollbein ließ ihnen vor diesmal ihren Willen; sie machten einen neuen Rektor, gaben ihm ein besonderes Haus, und da sie der alten teutschen Schule das Gehalt nicht entziehen konnten und durften, zu einem neuen aber keinen Rat wußten: so beschlossen sie, ihm sechzig Kinder zum Lateinlernen zu verschaffen, und von jedem Kind jährlich vier Reichstaler zu bezahlen. Allein der rechtschaffene Mann hatte das erste Vierteljahr sechzig, hernach vierzig, zu Ende des Jahrs zwanzig, und endlich kaum fünf, so daß er bei aller Müh und Arbeit, endlich im Hunger, Kummer, und Elend starb, und seine Frau und Kinder betteln.

Nach diesem Vorfall gab sich Herr Stollbein in Ruhe, er fing an stille zu werden, und sich um nichts mehr zu bekümmern; er versahe nur bloß seine Amtsgeschäfte, und zwar mit aller Treue. Der Hauptfehler welcher ihn so oft zu törichten Handlungen verleitet hatte, war ein Familienstolz. Seine Frau hatte vornehme Verwandten, und die sahe er gern hoch ans Brett kommen. Auch er selber strebte gern nach Gewalt und Ehre. Dieses ausgenommen war er ein gelehrter und sehr gutherziger Mann; ein Armer kam nie fehl bei ihm, er gab solange er hatte, und half dem Elenden soviel er konnte. Nur dann war er ausgelassen, und unerbittlich, wenn er sahe daß jemand von geringem Stand Miene machte, neben ihm emporzusteigen. Aus dieser Ursache war er auch Johann Stilling immer feind. Dieser war, wie oben gesagt worden, Kommerzien-Präsident des salenschen Landes; und da Stollbein ein großer Liebhaber von Bergwerken war, so ließ er Herrn Stillingen immer merken, daß er ihn gar nicht vor das erkannte was er war; und wenn jener nicht bescheiden genug gewesen wäre, dem alten Mann nachzugeben, so hätte es oft harte Stöße abgesetzt.

Doch zeigt Stollbeins Beispiel, daß Güte des Herzens und Redlichkeit niemalen ungebessert sterben lasse.

Einsmalen war eine allgemeine Gewerken-Rechnung abzulegen, so daß also die vornehmsten Kommerzianten des Landes bei ihrem Präsidenten Stilling zusammenkommen mußten. Herr Pastor Stollbein kam auch, desgleichen Schöffe Keilhof mit noch einigen andern Florenburgern. Herr Stilling ging auf den Pastor zu, nahm ihn an der Hand und führte ihn neben sich an die rechte Seite, und ließ ihn da sitzen. Der Prediger war die ganze Zeit über aus der Maßen freundlich. Nach dem Mittagessen fing er an:

»Meine Herren und Freunde! Ich bin alt, und ich fühle daß meine Kräfte mit Gewalt abnehmen, es ist das letzte Mal daß ich bei Ihnen bin, ich werde nicht wieder herkommen. Ist nun jemand unter Ihnen, der mir noch nicht vergeben hat, wo ich ihn beleidigt habe, den bitt ich jetzt von Herzen um Versöhnung.« Alle Anwesende sahen sich an, und schwiegen. Herr Stilling konnte das unmöglich ausstehen. »Herr Pastor!« sagte er: »das bricht mir mein Herz! – Wir sind Menschen und fehlen alle, ich hab Ihnen unendlich viel zu danken, Sie haben mir die Grundwahrheiten unserer Religion beigebracht, und vielleicht hab ich Ihnen oft Anlaß zur Ärgernis gegeben, ich bin also der erste, der Sie von Grund seiner Seelen um Verzeihung bittet, wo er Sie beleidiget hat.« Der Pastor wurde so gerührt, daß ihm die Tränen die Wangen herunterliefen, er stund auf, umarmte Stillingen, und sagte: »Ich hab Sie oft beleidigt. Ich bedaure es, und wir sind Brüder.« »Nein«, sagte Stilling, »Sie sind mein Vater! geben Sie mir Ihren Segen!« Stollbein hielt ihn noch fest in den Armen, und sagte: »Sie sind gesegnet, Sie und Ihre ganze Familie, und das um des Mannes willen, der so oft mein Stolz und meine Freude war.«

Dieser Auftritt war so unerwartet und so rührend, daß die mehresten Anwesende, Tränen in Menge vergossen, Stilling und Stollbein aber am mehresten.

Nun stund der Prediger auf, ging herab zu Schöffe Keilhof und den übrigen Florenburgern, lächelte und sagte: »Sollen wir denn auch an diesem Rechnungstage, unsre Rechnung zusammen abmachen?« Keilhof antwortete: »Wir sind Ihnen nicht böse!« – »Ja!« versetzte Herr Stollbein: »davon ist hier die Rede nicht. Ich bitte Euch alle feierlich um Vergebung, wo ich Euch beleidigt habe!« – »Wir vergeben Ihnen gerne«, erwiderte Keilhof, »aber das müßten Sie auf der Kanzel tun.«

Stollbein fühlte sein ganzes Feuer wieder, doch schwieg er still, und setzte sich neben Stilling hin. Dieser aber wurde so voller Eifer, daß er im Gesicht glühte. »Herr Schöffe!« fing er an: »Sie sind nicht wert, daß Ihnen Gott Ihre Sünden vergibt, solange Sie so denken. Der Herr Pastor ist frei, und hat seine volle Pflicht erfüllt. Christus gebeut Liebe und Versöhnlichkeit. Er wird Euch Euren Starrsinn auf den Kopf vergelten.«

Herr Stollbein schloß diese rührende Szene mit den Worten. »Auch das soll geschehen, ich will meine ganze Gemeinde öffentlich auf der Kanzel um Vergebung bitten, und ihnen weissagen, daß einer nach mir kommen wird, der ihnen eintränken wird, was sie an mir verschuldet haben.« Beides ist auch in seiner ganzen Fülle geschehen.

Kurz nach diesem Vorfall starb Herr Stollbein im Frieden, und wurde zu Florenburg in die Kirche bei seiner Gattin begraben. In seinem Leben wurde er gehaßt, und nach seinem Tode beweint, geehrt und geliebt. Wenigstens Heinrich Stilling hält ihn lebenslang in ehrwürdigem Andenken.

Stilling war nur noch bis Ostern bei dem Schöffen Keilhof, allein er merkte, daß ihn ein jeder sauer ansah, er wurde also auch dieses Lebens müde.

Nun überlegte er einsmalen des Morgens auf dem Bett seine Umstände; zu seinem Vater zurückzukehren, war ihm ein erschrecklicher Gedanke; denn die viele Feldarbeit hätte ihn auf die Länge zu Boden gedrückt, dazu gab ihm sein Vater nur Speise und Trank; denn was er allenfalls mehr verdiente, das rechnete ihm derselbe auf den Vorschuß, den er ihm in vorigen Jahren getan hatte, wenn er mit dem Schullohn nicht auskommen konnte; er durfte also noch nicht an Kleider denken, und diese waren doch binnen Jahrsfrist ganz unbrauchbar. Bei andern Meistern zu arbeiten, war ihm ebenfalls schwer, und er sahe sich auch damit nicht zu retten, denn ein halber Gulden Wochenlohn, trug ihm in einem ganzen Jahr nicht so viel ein, als nur die allernotwendigsten Kleider erforderten. Er wurde halb rasend, fuhr aus dem Bett, und rief: »Allmächtiger Gott! was soll ich denn machen?« – In dem Augenblick war es ihm, als wenn ihm in die Seele gesprochen wurde: »Geh aus deinem Vaterland, von deiner Freundschaft, und aus deines Vaters Haus, in ein Land das ich dir zeigen will!« Er fühlte sich tief beruhiget, und er beschloß alsofort, in die Fremde zu gehen.

Dieses geschah dienstags vor Ostern. Denselbigen Tag besuchte ihn sein Vater. Der gute Mann hatte wiederum seines Sohnes Schicksal vernommen, und deswegen kam er nach Florenburg. Beide setzten sich zusammen auf ein einsames Zimmer, und nun fing Wilhelm an:

»Heinrich! ich komme zu dir, mit dir Rat zu pflegen; ich seh nunmehro klar ein, daß du unschuldig gewesen bist. Gott hat dich gewiß zum Schulhalten nicht bestimmt, das Handwerk verstehst du; aber du bist in solchen Umständen, wo es dir die Notdurft nicht verschaffen kann; und bei mir zu sein, ist auch für dich nicht, du scheust mein Haus, und das ist auch kein Wunder; ich bin nicht imstande, dir das Nötige zu verschaffen, wenn du nicht die Arbeit verrichten kannst, die ich zu tun habe, es wird mir selber sauer, Frau und Kinder zu ernähren. Was meinst du, hast du wohl nachgedacht, was du tun willst?«

»Vater! darüber hab ich lange Jahre nachgedacht; aber erst diesen Morgen ist mir klarworden, was ich tun soll; ich muß in die Fremde ziehen, und sehen, was Gott mit mir vorhat.«

»Wir sind also einerlei Meinung, mein Sohn! Wenn wir der Sache vernünftig nachdenken, so finden wir, daß deine Führung von Anfang dahin gezielt hat, dich aus deinem Vaterland zu treiben, und was kannst du hier erwarten? Dein Oheim hat selber Kinder, und die wird er erst suchen anzubringen, eh' er dir hilft, indessen gehen deine Jahre um. Aber – du – wenn ich deine ersten Jahre – und die Freude bedenke, die ich an dir haben wollte – und du bist nun fort – so ist's um Stillings Freude geschehen! Das Ebenbild des ehrlichen Alten.« – Hier konnte er nicht mehr reden, er hielt beide Hände vor die Augen, krümmte sich ineinander und weinte laut.

Diese Szene war Stilling unausstehlich, er wurde ohnmächtig. Als er wieder zu sich selber kam, stund sein Vater auf, drückte ihm die Hand, und sagte: »Heinrich! nimm von niemand Abschied, geh, wann dir der himmlische Vater winkt! Die heiligen Engel werden dich begleiten wo du hingehst, schreib mir oft wie es dir geht!« Nun eilte er zur Tür hinaus.

Stilling ermannte sich, faßte Mut, und empfahl sich Gott; er fühlte, daß er von allen Freunden ganz los war. Nichts hing ihm weiter an, sondern er erwartete mit Verlangen den zweiten Ostertag, welchen er zu seiner Abreise bestimmt hatte; er sagte niemand in der Welt etwas von seinem Vorhaben, besuchte auch niemand, sondern blieb zu Haus.

Doch konnte er nicht unterlassen, noch einmal zu guter Letzt auf den Kirchhof zu gehen. Er tat's nicht gern am Tage, deswegen ging er des Abends vor Ostern beim Licht des vollen Monds hin, und besuchte Vater Stillings und Dortchens Grab, setzte sich auf jedes eine kleine Weile, und weinte stille Tränen. Seine Empfindungen waren unaussprechlich. Er fühlte so etwas in sich, das sprach: ›Wenn diese beide noch lebten, so ging es dir weit anders in der Welt.‹ Er nahm endlich ordentlich Abschied von beiden Gräbern, und von den ehrwürdigen Gebeinen, die darinnen verwesten, und ging fort.

Den folgenden Ostermontag morgen, Anno 1762, welches der zwölfte April war, rechnete er mit dem Schöffen Keilhof ab. Er bekam noch etwas über vier Reichstaler. Dieses Geld nahm er zu sich, ging auf die Kammer, tat seine drei zerlappte Hemden, das vierte hatte er an, ein paar alte Strümpfe, eine Schlafkappe, seine Scher' und Fingerhut in einen Reisesack, zog darauf seine Kleider an, die aus ein paar mittelmäßig guten Schuhen, schwarzen wollenen Strümpfen, ledernen Hosen, schwarzen tuchenen Westen, einem ziemlich guten braunen Rock von schlechtem Tuch, und einem großen Hut nach der damaligen Mode, bestunden. Nun kämmte er sein fadenrechtes braunes Haar, nahm seinen langen dornenen Stock in die Hand, und wanderte auf Salen zu, wo er sich einen Reisepaß besorgte, und zu einem Tor herausging, das gegen Nordwesten siehet. Er geriet auf eine Landstraße; ohne zu wissen wohin sie führte, folgte er derselben, und sie brachte ihn am Abend in einen Flecken, welcher an der Grenze des salenschen Landes liegt.

Hier kehrte er in einem Wirtshaus ein, und schrieb einen Brief an seinen Vater nach Leindorf, in welchem er zärtlich Abschied von ihm nahm, und ihm versprach, sobald er sich irgendwo niederlassen würde, alles umständlich zu schreiben. Unter den Biergästen, welche des Abends in diesem Hause trunken, waren verschiedene Fuhrleute, eine Art Menschen, bei denen man sich am allerbesten nach den Wegen erkundigen kann. Stilling fragte sie: wohin diese Landstraße führe? Sie sagten: »Nach Schönenthal.« Nun hatte er in seinem Leben viel von dieser weitberühmten Handelsstadt gehöret; er beschloß also dahin zu reisen, ließ sich deswegen die Örter an dieser Landstraße, und ihre Entfernung voneinander sagen, dieses alles zeichnete er in seine Schreibtafel auf, und legte sich ruhig schlafen.

Des andern Morgens nachdem er Kaffee getrunken, und ein Frühstück genommen hatte, empfahl er sich Gott, und setzte seinen Stab weiter; es war aber so nebelig, daß er kaum einige Schritte vor sich hin sehen konnte; da er nun auf eine große Heide kam, wo viele Wege nebeneinander hergingen, so folgte er immer demjenigen, welcher ihm am gebahntesten schien. Als sich nun zwischen zehn und eilf Uhr der Nebel verteilte, und die Sonne durchbrach; so fand er, daß sein Weg gegen Morgen ging. Er erschrak herzlich, wanderte noch ein wenig fort, bis auf eine Anhöhe, da sah er nun den Flecken wieder nahe vor sich, in welchem er über Nacht geschlafen hatte. Er kehrte wieder um; und da nun der Himmel heiter war, so fand er die große Heerstraße, die ihn binnen einer Stunde auf eine große Höhe führte.

Hier setzte er sich auf einen grünen Rasen, und schaute gegen Südosten. Da sah er nun in der Ferne das alte Geisenberger Schloß, den Giller, den Höchsten-Hügel und andere gewohnte Gegenden mehr. Ein tiefer Seufzer stieg ihm in der Brust auf, Tränen flossen ihm die Wangen herunter, er zog seine Tafel heraus und schrieb:

> Noch einmal blickt mein mattes Auge,
>   Nach diesen frohen Bergen hin.
> Oh! wenn ich die Gefilde schaue,
>   Die jene Himmelskönigin
> Mir oft mit kühlen Schatten malte,
>   Und lauter Wonne um mich strahlte;
>
> So fühl ich, wie in süßen Träumen,
>   Die reinste Lüfte um mich wehn,
> Als wenn ich unter Edens Bäumen
>   Seh Vater Adam bei mir stehn,
> Als wenn ich Lebenswasser trünke,
>   Am Bach in süße Ohnmacht sünke.
>
> Dann weckt mich ein Gedanke wieder,

So wie der stärkste Donnerknall
Sich wälzt vom hohen Giller nieder,
    Und Blitze zücken überall,
    Die Hindin starrt, und fährt zusammen,
    Sie blinzelt in den lichten Flammen.

Dann sinkt mein Geist zur schwarzen Höhle,
    Schaut über sich und um sich her,
Dann kommt kein Licht in meine Seele,
    Dann schimmert mir kein Sternlein mehr,
    Dann ruf ich, daß die Felsen hallen,
    Und tausend Echo widerschallen.

Doch endlich glänzt ein schwacher Schimmer,
    Der Menschenvater winket mir,
Und seh ich euch ihr Berge nimmer,
    So blüht im Segen für und für!
    Bis euch der letzte Blitz zertrümmert,
    Und ihr wie Gold im Ofen schimmert.

Und dann will ich auf euren Höhen,
    Dann wann ihr einst verneuert seid,
Umher nach Vater Stilling sehen,
    Mich freuen wo sich Dortchen freut,
    Dann will ich dort in euren Hainen,
    In weißen Kleidern auch erscheinen.

Wohlan! ich wende meine Blicke
    Nach unbekannten Bergen hin,
Und schaue nicht nach euch zurücke,
    Bis daß ich einst vollendet bin.
    Erbarmer! leite mich im Segen,
    Auf diesen unbekannten Wegen!

Nun stund Stilling auf, trocknete seine Tränen ab, nahm seinen Stab in die Hand, den Reisesack auf den Rücken, und wanderte über die Höhe ins Tal hinunter.

Über tredition

Eigenes Buch veröffentlichen

tredition wurde 2006 in Hamburg gegründet und hat seither mehrere tausend Buchtitel veröffentlicht. Autoren veröffentlichen in wenigen leichten Schritten gedruckte Bücher, e-Books und audioBooks. tredition hat das Ziel, die beste und fairste Veröffentlichungsmöglichkeit für Autoren zu bieten.

tredition wurde mit der Erkenntnis gegründet, dass nur etwa jedes 200. bei Verlagen eingereichte Manuskript veröffentlicht wird. Dabei hat jedes Buch seinen Markt, also seine Leser. tredition sorgt dafür, dass für jedes Buch die Leserschaft auch erreicht wird.

Im einzigartigen Literatur-Netzwerk von tredition bieten zahlreiche Literatur-Partner (das sind Lektoren, Übersetzer, Hörbuchsprecher und Illustratoren) ihre Dienstleistung an, um Manuskripte zu verbessern oder die Vielfalt zu erhöhen. Autoren vereinbaren direkt mit den Literatur-Partnern die Konditionen ihrer Zusammenarbeit und partizipieren gemeinsam am Erfolg des Buches.

Das gesamte Verlagsprogramm von tredition ist bei allen stationären Buchhandlungen und Online-Buchhändlern wie z. B. Amazon erhältlich. e-Books stehen bei den führenden Online-Portalen (z. B. iBookstore von Apple oder Kindle von Amazon) zum Verkauf.

Einfach leicht ein Buch veröffentlichen: **www.tredition.de**

Eigene Buchreihe oder eigenen Verlag gründen

Seit 2009 bietet tredition sein Verlagskonzept auch als sogenanntes "White-Label" an. Das bedeutet, dass andere Unternehmen, Institutionen und Personen risikofrei und unkompliziert selbst zum Herausgeber von Büchern und Buchreihen unter eigener Marke werden können. tredition übernimmt dabei das komplette Herstellungs- und Distributionsrisiko.

Zahlreiche Zeitschriften-, Zeitungs- und Buchverlage, Universitäten, Forschungseinrichtungen u.v.m. nutzen diese Dienstleistung von tredition, um unter eigener Marke ohne Risiko Bücher zu verlegen.

Alle Informationen im Internet: **www.tredition.de/fuer-verlage**

tredition wurde mit mehreren Innovationspreisen ausgezeichnet, u. a. mit dem Webfuture Award und dem Innovationspreis der Buch Digitale.

tredition ist Mitglied im Börsenverein des Deutschen Buchhandels.

Dieses Werk elektronisch lesen

Dieses Werk ist Teil der Gutenberg-DE Edition DVD. Diese enthält das komplette Archiv des Projekt Gutenberg-DE. Die DVD ist im Internet erhältlich auf **http://gutenbergshop.abc.de**

Zeitfracht Medien GmbH
Ferdinand-Jühlke-Straße 7
99095 Erfurt, Deutschland
produktsicherheit@kolibri360.de